妖異川中島

西村京太郎

双葉文庫

目次

妖異川中島

第一章　ライバル

1

　私立探偵の橋本豊《はしもとゆたか》は「越後実業《えちご》」の社長で、大学の先輩にあたる、小山田伸《おやまだのぶ》之《ゆき》に、電話で呼ばれて、次の日曜日、六本木《ろっぽんぎ》のビルのなかにある、本社を訪ねていった。

　日曜日なので、ほとんど人はいない。

　がらんとしたビルのなかを、橋本は、エレベーターで、五階にある社長室まであがっていった。

　社長室には、社長の小山田と、若い女性秘書がいた。

　女性秘書は、コーヒーを淹《い》れると、黙って、部屋を出ていった。あとに残ったのは、小山田と橋本の二人だけである。

「私のことを、しっているかね?」

いきなり、小山田が、きいた。

「もちろん、しっています。何しろ、小山田さんは、S大学の卒業生のなかで、一番の出世頭ときいていますから」

「それは嬉しいね」

小山田は、一瞬、顔をほころばせたが、すぐに、厳しい表情になって、

「私のこと、それから私のやっている越後実業について、君の耳には、どんな噂が、入っているのかな?」

「いろいろと、入っていますが」

「それを、遠慮なく、いってほしいんだ。私と越後実業の悪口をきいているのなら、ぜひそれを、ききたいな」

「本当に、悪口を、おききになりたいのですか?」

「ああ、そうだ。それをききたくて、わざわざ君に、きてもらったんだ」

「これは、あくまでも、噂として、私の耳に入ってきたことですから、そのつもりで、きいていただきたいのですが」

と、橋本は、断ってから、

「越後実業の小山田伸之社長は、越後の生まれなので、同じ越後の英雄である上《うえ》杉謙信《すぎけんしん》を尊敬している。ただ、上杉謙信が、部下の武将に、あまり相談しなかったように、小山田伸之も、ワンマンである。重役には、ほとんど相談することもなく、ひとりで、会社の方針を決めてしまったり、設備投資をしたりしてしまうので、社内には、その経営姿勢に、危惧《きぐ》を持っている者もいる。ライバルは甲《こう》州《しゅう》商事で、甲州商事の社長は、小山田社長と同じ六十歳。何かというと張り合っていて、それが、いい場合もあれば、悪い場合もある。また、この二人は同じように、後継者を、誰にするかで、悩んでいる。そんなところですが」

橋本が、いうと、小山田は、急にソファから立ちあがって、窓のカーテンを開けた。

「向こうのビルを、見たまえ」

と、小山田が、いう。

同じ高さのところに、カーテンが閉まったままの、大きな窓が見える。

「あの部屋が誰の部屋か、君にはわかるかね？」

「ひょっとすると、越後実業のライバル会社、甲州商事の社長室なんじゃありませんか？」

「そうだ。よくわかったな」

「越後実業のライバルの話をしていたら、小山田さんが、カーテンを開けて、向こうを指差しましたからね。おそらく、そうだろうと思いました」

「それなら、話しやすい」

そういって、小山田社長は、ソファに戻って腰をおろした。

「私は、大学を卒業するとすぐ、父が経営している越後実業に入った。私が、S大学を卒業した年に、S大学とは、野球でもラグビーでも、ライバルになっているR大学から、関口徳久《せきぐちとくひさ》という男が卒業して、これも、父親の代からのライバル会社である、甲州商事に入社した。それから四十年近く、私が今、越後実業の社長となっているのと同じように、関口徳久は、甲州商事の社長になっている。私と関口が、どう呼ばれているか、しっているかね？」

「もちろん、しっていますよ。越後の龍と、甲州の虎でしょう？　戦国時代、上杉謙信と武田信玄《たけだしんげん》が、そう呼ばれていた。これは、歴史の本で読んだことがあります。三国志にも、龐統《ほうとう》と諸葛孔明《しょかつこうめい》という二人の軍師が登場しますが、龐統は鳳《おおとり》の雛、孔明は眠れる龍と、呼ばれていました。越後の龍、甲州の虎というのは、それと同じようなことでは、ありませんか？」

「私もそう呼ばれるのは、嫌ではない。ただ、今から考えると、そう呼ばれることで、敵愾心《てきがいしん》というか、競争心というか、そういう目で甲州商事の関口社長のことを見て、張り合ってすごしてきた。会社が大きくなって、今度この、六本木のビルのなかに本社を置くと、甲州商事の関口社長も、隣にある高層ビルに、本社を移転してきて、同じ五階に社長室を作ったんだ。向こうも、こっちと張り合ってやろう、そういう気持ちでいるに違いないんだ」

小山田が、いった。

彼の話をききながら、橋本豊には、小山田が、自分にどんな仕事を依頼するつもりなのか、まだ、推測がつかなかった。

2

「私もすでに、還暦を迎えた。去年、生まれて初めて、入院したんだ。検診で、前立腺癌が、発見されてね。それで、やむなく、手術を受けることになったんだが、それ以来、悔しいことに、少しばかり弱気になっている。自分は、近いうちに引退して、息子の雅之《まさゆき》に、越後実業の社長の座を譲ろうと思っているんだ」

「それは、いいことだと思いますよ。雅之さんは、この会社で今、何をやっているんですか？」

「一応、全部のセクションを、しってもらうために、現在は、営業関係の仕事を、やらせている」

「それで、私が呼ばれた理由は、何なのでしょうか？」

橋本は、最初から気になっていたことを、小山田社長に、きいた。

「今もいったように、私は、生まれて初めて入院した。前立腺癌の手術を受けるためにね。それ以来、気が弱くなってしまってね。息子は二人いるが、もし、自分が、死んでしまったら、現在三十歳の雅之が社長になるのだが、果たして、うまくやっていけるのかどうか、特に、今までライバルとして鎬《しのぎ》を削りあってきた、甲州商事に勝てるのか、それが心配でね」

「しかし、ご子息の雅之さんは、トップの成績でS大を卒業されたとおききしました。それでもやはり、ご心配ですか？」

「確かに、雅之は、親の私がいうのもおかしいが、頭が切れることは間違いない。だがね、まだ若くて、経験の乏しい雅之に、私のような策略ができるかというと、はなはだ疑問だし、駆け引きも、うまくはない。その点、甲州商事の関口社長というのは、腹が立つほど、駆け引きがうまいんだ。もし、今、私が死んで、息子の雅之が、社長になったら、たちまちのうちに、甲州商事に、飲みこまれてしまうのではないか？　そんな不安が強いので、君を呼んだんだ」

「それで、私は、何をやったらいいんですか？」

「君には、甲州商事という会社と、関口徳久というリーダーのことを、徹底的に調べてもらいたいんだよ。そのためには、いくら金を使っても、惜しくはない。どこに、強さがあるのか？　どこに、弱さがあるのか？　社長と社員の間は、うまくいっているのか？　もし、社員のなかに、不満を持っている人間がいるとすれば、社長のどこに、不満を感じているのか？　そういうことを、調べてもらいたいんだ」

「時間は、いくらかかってもいいんでしょうか？」

「いや、できれば、早急にやってもらいたい。ひょっとすると、私は、そんなに長くは、生きられないかもしれないからな。一応、前立腺癌のほうは、手術をして、切り取ったが、いつ、再発して転移し、それが、命取りになるかわからない。だから、今、君に頼んだことは、なるべく早く実行して、結果を報告してもらいたいんだよ」

「そうなると、お金がかかりますね。向こうの、かなり上のほうの社員に近づいて、会社のことや、関口社長のことをきき出すためには、何といっても、お金が必要ですから」

「そんな金ならば、いくらかかっても構わないといったはずだ。正直にいうと、最初は、自分で、やってみようと思ったんだ。しかし、私は、いやしくも越後実業の社長だからね。その私が、ライバル会社の社員を買収して、いろいろと秘密を嗅ぎ回っているなんてことが、公になってしまったら、それこそ、マスコミのいい餌食になってしまう。だから、うちの社とは、まったく関係のない君に、頼むんだ。君ならば、私立探偵をやっているし、私の大学の後輩だからね。適任だよ」

と、小山田が、いった。

「本当に、それだけの理由ですか？」

「もちろん、それだけで、君を選んだわけではない」

「私を選んだ本当の理由を、教えてください。自分が、依頼主から、どう見られているのか？　そのことは、しっておきたいですから」

と、橋本が、いった。

小山田社長は、じっと、橋本を見て、

「君が過去に、警視庁捜査一課の刑事だったということもある」

「なるほど」

「しかし、ただの刑事だったり、やたらに、正義感が強かったりすると、こうした仕事には、ためらいを持つのではないか、と考えた。ところが、君のことを調べていくと、君は、レイプされて自殺した恋人のために、犯人たちを叩きのめして、刑務所に入っている。つまり、君には前科がある。そのことも、君にこの仕事を依頼する、大きな理由になった」

「つまり、前科がある私ならば、ダーティな仕事も、引き受けるだろうし、また、それを、喋ったりしないだろう。そう思われたわけですね？」

「正直にいってしまうとそうなんだが、腹が立ったかね？」

小山田が、きく。

橋本は、笑って、

「そんなことは、しょっちゅう、いわれていますから、平気ですよ。それに、社長の話をきいていて、面白そうだなと思えてきました」

「じゃあ、引き受けてくれるんだね？」

「ええ、やらせていただきますが、まず、手付金として二百万円出していただけませんか？　会社と会社の社長のことを、調べるのですから、さしあたって、そのくらいのお金は、必要になります」

と、橋本が、いった。

橋本は、帰りしなに、社長室の隅に〈毘〉と書かれた旗が、飾られていることに、気がついた。

この旗は、越後の英雄上杉謙信が、出陣に当たって、先頭にかかげた軍旗である。「毘」は、毘沙門天《びしやもんてん》のことで、インドでは、仏法に帰依する者を守護する軍《いくさ》の神といわれた。若い時から、真言密教を究めたという上杉謙信は、自らを、毘沙門天の化身と信じていた。

「やっぱり、社長が、一番尊敬しているのは、上杉謙信ですか？」

立ち止まって、橋本が、きいた。

「単に、同じ越後の英雄だからというわけじゃない。戦国時代の英雄のなかで、ただひとり、領土的野心は持たず、義のためにだけ、戦ったからね」

と、小山田が、いった。

ただ、さすがに、自分も、正義のためだけに会社をやってきた、とはいわなかった。今の時代、そんな気持ちで会社を経営していたら、間違いなく、その会社は、潰れてしまうだろう。

3

橋本は、甲州商事という会社のことも、関口徳久社長のことも、ほとんど、しらなかった。ただ、関口社長が、武田信玄を尊敬していて、社長室には〈風林火山〉の額がかかっている、ということを、週刊誌で読んだことがある。しっているのは、それくらいだった。

そこで、橋本は、甲州商事のことや、関口徳久社長のことを書いた単行本や週刊誌、新聞の記事を集め、それに目を通すことから始めた。

もう一つは、甲州商事の社員が、よくいくといわれている、六本木の高級クラブ〈サンクチュアリー〉に、顔を出すことだった。

橋本のS大学の同期に、週刊誌の記者をしている人間がいた。「週刊ジャパン」の記者である。その週刊誌の肩書きを、無断借用することにした。

橋本は「週刊ジャパン編集部　橋本豊」の名刺を作り、電話番号は自分の持っている携帯電話の番号を記載した。

昼間は、国会図書館に通って、甲州商事と関口社長のことを書いた本や、関口社長の自伝、週刊誌、新聞記事を読んですごし、夕方になると〈サンクチュアリー〉に通うことにした。

このクラブに、甲州商事の社員が、よくいくのは、関口社長の姪が、店のママを、やっていたからだった。

二度三度と、店に通ううちに、橋本は、甲州商事の佐伯《さいき》という、三十五歳の営業課長と知り合いになった。もちろん、橋本のほうから、近づいたのである。

橋本は「週刊ジャパン」の名刺を渡し、

「今、日本中が、不景気でしょう？　そんな不景気のなかで、元気のいい会社と、その会社で働いている社員の方を記事にしようと考えていましてね。そうなると、何といっても、甲州商事だと思っているんです。その甲州商事のエリートコースを歩んでいる佐伯さんに、ぜひお話をききたい。構いませんか？」

「話すのは、構いませんが、できれば、ここではないところでのほうが、僕は、いいんですけどね」

と、佐伯が、いった。

「それでは、場所と時間を改めて、お話をおききするということにしませんか？　私のほうは、どこにでも、伺いますから」

「それなら、新宿《しんじゅく》に、ＮＫホテルというのがあって、そこの三十五階に『プチモンド』という喫茶店があります。僕は、よくそこにいくので、今度の日曜日の午後二時、そこで、お会いしましょうか？」

と、佐伯が、いった。

次の日曜日、約束の時間に〈プチモンド〉という喫茶店にいくと、佐伯が、先にきて、コーヒーを飲んでいた。三十五階にあるだけに、窓からの眺めは素晴らしい。

橋本は、ウェイトレスに、

「この人と同じ、コーヒーを」

と、注文したあとで、

「実は、今日、佐伯さんとお会いして、お話を、おききするにあたって、甲州商事や関口社長のことを書いた本や、週刊誌などを読んでみたんです。それによると、関口社長は、山梨《やまなし》県の甲府《こうふ》に生まれた。それで、山梨の英雄である武田信玄に、心酔していて、社長室には、風林火山の額が、飾ってあるそうですが、これは本当ですか？」

「ええ、それは、本当ですよ。それどころか、うちの社長の、武田信玄に対する心酔ぶりは、ちょっと異常ですね。甲州法度《こうしゅうはっと》というのを、ご存じですか？」

「確か、戦国時代に、武田信玄が書いたという、掟《おきて》のようなものじゃありませんか？　五十条以上あるもので、なかには、なかなかいいことも、書いてある。そういうことをきいたことがあります」

「その甲州法度を、参考にして、うちの社長は、社訓を作って、社員手帳に印刷して、社員全員に、持たせているんですよ」

佐伯は、そういってから、その手帳を、橋本に見せた。

ページを繰ってみると、なかなか面白い社訓が書かれている。

一、甲州商事の社員になった以上、会社の悪口を口にしてはならない。
二、社員同士で、喧嘩をしてはならない。特に、ある宗教を信仰していても、ほかの宗教を信じる社員と、そのことに関して、いい争いをしてはならない。話がこじれて、深刻になるからである。
三、サービス残業は、禁止するが、多忙な時には、残業を断ってはならない。

これは会社のためでもあり、また、社員本人のためでもある。

そんなことが、ずらりと並べて、書いてあった。

「この社訓を、社員全員が守っているのですか？」

橋本が、きくと、佐伯は、苦笑して、

「いや、正直なところ、この社訓全部を覚えている社員は、あまり、いないんじゃないですかね。何しろ、五十条以上もあるんですから」

「社員は、社長のことを、尊敬しているんですか？」

「ええ、もちろん、尊敬していますよ。甲州商事を、あそこまで大きくしたのは、何といっても、社長の手腕ですからね。それに、社長は、今もいったように、武田信玄の心酔者ですから。武田信玄の言葉にあるでしょう、部下の家来たちを、表現した言葉」

「ああ、確か、人は城、人は石垣、といったような言葉でしょう？　家臣を信用していたから、武田信玄は、大きな城を造らなかった。有名な話ですから、私でもしっていますよ」

「関口社長も、社員を信用していて、社員の福利厚生に、力を入れているんです。今の時代では、いい会社だと、思っていますよ」

「甲州商事に、定年は、あるんですか？」

「ええ、もちろんありますよ。ただ、六十五歳で定年、ということになっていますが、どうしても会社に残って働きたいというのであれば、給与は、八割にカットされるけれども、そのまま働くことができるんです。うちの会社では、七十歳はもちろん、八十歳になっても働いている社員がいますよ」

「関口社長は、今年で、六十歳になりましたよね？　世間的にいえば、還暦ですが、どこか、体に悪いところはあるんですか？」

「これはあくまでも、噂なんですがね。前社長、つまり、関口社長のお父さんですが、六十歳の時に、突然倒れて、二日後に、亡くなっているんです。今の関口社長も、自分の家には、そうした、遺伝的な体質があるんじゃないか？　もしそうなら、自分も、六十歳で死ぬんじゃないか？　関口社長が、そんなことを、親しい人にいったということが、噂として流れているんです」

「もし、今の社長が、倒れたら、その跡を継ぐのは……確か、今年三十歳の、息子さんがいましたよね？」

「ええ、社長の長男は、今、企画室長です。もうひとり、次男がいますが、今の社長が引退したり亡くなったりしたら、長男が継ぐのではないかと、いわれています」

「名前は、何といいましたかね？」

「関口久幸《ひさゆき》さんです」

「現社長の名前は、確か、関口徳久さんですよね？」

「ええ、そうです」

「息子さんの、関口久幸さんについては、何か噂はありませんか？」

「噂ですか？　いや、特には、きいていませんね。何度も、話をしたことがありますけどね、優しい人ですよ。思いやりがあって」

「優しくて思いやりがあるんですか？」

「ええ、でも、今の関口社長には、それが、物足りないんじゃないですかね。久幸さんと話した時、彼が、こんなことをいったんですよ。父には、よく叱られる。お前は、頭はいいが、社会の厳しさとか、冷たさとか、そんなものが、わかっていない。時には策略も必要だし、相手を平気で欺かなければならないようなこともある。今の時代は、それができなければ、勝者にはなれないぞと、お説教されるんだと、いっていましたね」

橋本は、こんな佐伯の話をきいていて、

(同じような話だな)

と、思った。

先日会った、越後実業の小山田社長も、同じようなことをいっていた。息子の雅之は学校の成績も優秀で、頭の切れる男だが、駆け引きについての経験がないし、コロリと、騙されてしまうのではないか？　そんな心配をしていたが、どうやら、甲州商事の社長も、同じような心配をしているらしい。

この日、橋本はそれ以上突っこんだ質問はせずに、わかれ際に、十万円の入った封筒を相手に渡した。

「これはインタビューのお礼ですから、ぜひ受け取ってください。いってみれば、取材費ですから」

4

次の日曜日も、同じように、橋本は、佐伯を喫茶店〈プチモンド〉に誘い出した。

前の日曜日、佐伯は、十万円の入った封筒を、黙ってポケットに入れている。現金をもらうことをまったく、ためらわなかったところを見れば、この三十五歳の営業課長は、金がほしいのだろう。

結婚しているときいたが、おそらく、妻から渡される一カ月の小遣いは、少ないのだ。それならば、金は、大きな武器になりそうである。

「先日は、いろいろと、楽しいお話をきかせていただいて、ありがとうございました。とても参考になりました。しかし、何しろ、こちらは週刊誌ですから、会社や、あるいは、社長を褒める記事ばかりでは、読者が納得しないんですよ。今日は、会社や社長の悪口を、きかせていただきたいのです。もちろん、あなたからおききしたことは、記事にしますが、お名前は、絶対に出しません」

「そうですね」

と、佐伯は、少し考えてから、

「先日もいったように、うちの関口社長は、武田信玄に、心酔していましてね。確かに、武田信玄は、戦国時代の英雄ですから、憧れるのはいいんですが、現代の世相とか、思想とか、法律なんかは、戦国時代とは違っていますからね。現代に当てはめようとすると、いろいろと、無理が出てくるんですよ。ところが、うちの社長は、武田信玄に心酔するあまり、自分や社の方針に対して反対する社員に、罵声を浴びせたり、殴ったりするんですよ。そういう社長の暴力に対して、反発する社員もいるんです。甲州商事では課長以上の幹部社員を集めて、関口社長が、訓示をする朝礼があるんですよ。ためになる話もありますが、何回もきかされると、少しばかり、退屈する話もあるんです。それでも、幹部社員たちは、おとなしくきいているのですが、実は、僕と同期で甲州商事に入社して、課長をやっていた友人がいたんですが、三カ月ほど前でしたかね、手を口に当てて隠れて、小さな欠伸《あくび》をしたんですよ。それを、関口社長が見つけて、近づいていって、いきなり、殴ったんです。社長が話をしている時に、欠伸をする奴がいるか、そんな奴は、うちの社員じゃない、と怒鳴ったんです。そいつは、必死になって、謝ったのですが、うちの社長は、一度腹を立てたら、相手を絶対に許さない性格ですからね。もう一発殴っておいてから、馘にしたんです。不正を、働いたことにして、懲戒免職にして、退職金も払いませんでした。そいつも、腹を立ててましてね。関口社長や甲州商事の悪口を、誰彼なしに、皆に喋り始めたんです。ところが、三月一日の夜、酔っ払って歩いているところを、車にはねられまして ね。死んでしまいました。即死です。まだ、彼をはねた車は、見つかっていません」

「そのやめた社員の名前は、何というのですか？」

「高橋です。高橋昇《たかはしのぼる》です。僕と同じ、三十五歳です」

「その事故の話なら、新聞の記事で、読んだことがありますよ」

と、橋本は、いった。

「僕の友人なので、高橋をはねて逃げた犯人が早くわかればいいと思うのですけど、残念ながら、まだ見つかっていません」

「確か、この件は、警察が、一応、調べたんじゃなかったですかね？　そんな記事も読んだ記憶がありますが」

「ええ、警察が調べています。しかし、誰かが、盗難車を使って、高橋をはねた。これは殺人だという証拠は、何も見つからず、いつの間にか、警察の捜査も、縮小されてしまったと、僕は、きいています」

「佐伯さんは、お友だちの高橋さんが、単なる交通事故で死んだとは、思っていないのですか？　高橋さんは、甲州商事や関口社長の悪口を、喋って回った。そのため、誰かが腹を立てて、車を使って、殺してしまった。そんなふうに、考えていらっしゃるのですか？」

橋本が、きくと、佐伯は、慌てて、

「そんなことは考えていませんよ。事故で、人をはねて殺したのか、あるいは、故意に、車をぶつけて殺したのかは、警察にも、よくわからないというので、そんな噂も出たようですけれど」

「その事故の件ですけど、関口社長は、どんなふうに、考えていらっしゃるんでしょうかね？」

「それは、僕にはわかりません。第一、私も甲州商事の社員ですから、社長に、そんなことはきけませんよ」

「あなたがよく話をする社長の息子さん、久幸さんは、どうですか？　この件に関して、何かいっているのを、きいたことはないんですか？」

橋本が、きくと、佐伯は、

「その事故のあと、二度ほど話をしています。確か、二回目の時に、こんな噂があるんですけど、どう思いますかときいたんです」

「久幸さんの返事は、どうだったんですか？」

「困惑した顔で、わからないといっていましたね。亡くなった高橋が、幹部を集めた朝礼の時、いきなり、関口社長から殴られた。そのことには、久幸さんは、批判的でしたね。あれは、父のゆきすぎた行為だと思うと、いっていましたから」

「あなたが働いている甲州商事から見て、一番のライバルは、やはり、越後実業ですか？」

「ええ、そうですね。社長もよく、朝礼の時などに、越後実業には、負けるなと、われわれ社員に、はっぱをかけますからね」

「どうして、この二つの会社は、仲が悪いんでしょうか？」

橋本が、きくと、佐伯は、苦笑して、

「前の社長の時から張り合っていたようですからね。今の社長も、自分のことを、武田信玄になぞらえているし、越後実業の社長、小山田さんのほうも、自分は上杉謙信だといっているそうですから、感情的にも、ライバル視しているんじゃないですか？　そんな社長の考え方が、お互いの社内に蔓延《まんえん》していて、強烈なライバル意識が生まれてきているんじゃないか、と思いますけどね」

「なるほどね。関口社長が書いた自伝を読んだことがあるんですが、そのなかでも、関口社長は、自分のことを、武田信玄になぞらえていますよね。最大のライバルは、越後実業で、あそこの社長の、小山田にだけは、絶対に、負けたくないと、はっきりと、書いてありました。そのなかで気になったのは、越後実業の小山田社長のことをワンマンだと断定し、自分には、そんなワンマン的な経営はできない、すべて、部下と話し合って決めていく。それが、私のやり方だと書いていますが、甲州商事は、そんなふうに、なっていますか？」

「そうですね。うちでは、会議がよくありますよ。部長会議もあるし、課長会議もあります。そうした会議の席上で、よい意見を出せば、社長によって、採用されます。その点は、確かに、いい会社だと思っていますけどね」

「関口社長の自伝を読むと、時には、自分も、越後実業の小山田社長のように、ワンマン的に振る舞いたい。命令して、部下を好きなように動かしたい、と思うこともある。しかし、自分には、性格的にできない、というようにも、書いてあるんですが、そのとおりですか？　甲州商事の関口社長は、性格的に、ワンマンにはなれない人ですか？」

橋本が、きくと、佐伯は、笑って、

「いや、それはないでしょう。さっきもお話ししたように、僕の友人の課長が、関口社長が話をしている時に欠伸をしたというだけで、殴られて、懲戒免職になっていますからね。優しいが、同時に怖い人ですよ。ただ、こんなことがあるんじゃないですかね。越後実業というのは、本体が、どんどん大きくなっていって、今になった。ところが、うちの会社は、小さな会社を、次々に吸収していって、現在の大きさになった。よくいえば、優秀な会社を傘下に入れたということになりますけど、悪くいえば、頭がたくさんいることになりますから、それが、うちの会社の強みでもあり、弱点でもあると、僕なんかは、思ってしまいますがね」

「そんなところも、武田信玄に似ていますね」

「そうですか」

「武田軍団というのは、戦国時代にあって、最強の軍団だといわれていますが、調べてみると、何人もいる大将格の侍たちは、もともと武田家の家来ではなくて、その大将たちを、吸収して、大きな武田軍団というものができあがっているのです。それが、信玄の下、一糸乱れずに動いて、今もいったように、戦国時代、最強の軍団といわれた。信玄というカリスマ性の強いリーダーが、いたからなんですよ。本を読むと、そういうことになっています。だから、信玄が亡くなって、その子の勝頼《かつより》の代になると、たがが緩んで、うまくいかなくなり、あっさり滅んでしまったといわれています」

「じゃあ、うちもそうなりますかね」

「そんな様子が、あるんですか？」

「いや、うちの会社は、しっかりとしていますよ。関口社長は、信玄ほどではないが、カリスマ性がありますから。今は、会社はうまく動いていますが、次の代になった時、どうなるのか、少し心配になってきました」

と、佐伯が、いった。

「関口社長の次の代というと、息子さんの久幸さんですよね？　先日お話を伺がった時、頭もいいし、優しい人だと、あなたは、おっしゃっていたんですけど、それでもやはり心配ですか？」

「確かに、久幸さんという人は、いい人ですよ。性格は、穏やかだし、頭も切れますから。しかし、今の社長のような、カリスマ性は、ないんじゃないですかね。橋本さんの話をきいていたら、そのあたりが少し、心配になってきましたよ」

佐伯が、くり返した。

この日も、橋本は、わかれる時に取材のお礼だといって、十万円の入った封筒を、佐伯に渡した。

5

橋本は、六本木にある、越後実業本社の社長室で、社長の小山田に会った。

前の時と同じように、若い女性秘書が、橋本のために、コーヒーを淹れてくれた。そして同じように、その後、すぐ、社長室を出ていった。

「彼女、大丈夫ですか？」

心配になって、橋本が、きいた。

小山田社長は、笑って、

「彼女なら、絶対に大丈夫だ。彼女は信頼できるよ」

と、いったあと、

「それで、君のほうだが、何か、わかったかね？」

「甲州商事という会社のことや、社長の関口徳久という人物について、判断を下すには、まだちょっと時間が短すぎます。ただ一つわかったのは、今の社長が、亡くなったり、引退した場合、その跡を継ぐと思われる、関口久幸という三十歳の長男ですが、彼は、関口社長と正妻との間の子ではない、ということです」

橋本が、断定するようにいうと、小山田社長は、手を小さく横に振って、

「いや、そんなはずはない。誰もが、関口久幸という長男のことは、認めているんだ。それとも、何か理由か、証拠でもあって、彼が関口社長の正妻との間の子ではないと、断定するのかね？」

「別に、実子ではないといっている人はいません。血液型を調べたわけではありませんが、私は、あの長男は、関口社長の嫡出子ではない、と思っています」

「どうもわからんな。私も、関口社長の息子に、会ったことがあるが、顔立ちだって、父親によく似ているじゃないか」

「確かに、父親には似ていますが、母親には似ていません」

「母親は、あの久幸君と、もうひとり、男の子を産んだあと、病気で、死亡しているんだよ。君は、久幸君が、あの母親の子ではないと、そう、いいたいのかね？」

「ええ、そのとおりです」

「君が、久幸君が嫡出子ではない、母親が違うという理由をいってみたまえ」

「今もいったように、関口社長は、自分を武田信玄になぞらえています。社長室には、風林火山の額がかかっているようですし、甲州法度になぞらえた社訓も作

って、それを朝礼の時などに、社員に対して、徹底させています。その武田信玄ですが、正しい名前は、武田晴信《はるのぶ》です。信という一字が、入っています。武田家では代々、名前のなかに信という一字を使うことになっています。例えば、信虎《のぶとら》—晴信—義信《よしのぶ》と、続きますが、なぜか信玄の跡を継いだ、勝頼には、その信という字が使われていません。これは、勝頼が武田信玄の嫡出子ではなかった、つまり、妾腹の子だったからです。勝頼は、武田信玄が滅ぼした、諏訪《すわ》家の姫君と信玄の間に生まれた子です。ですから、信玄は、自分の息子ではあるけれども、正室の子ではないので、信の一字をつけずに、勝頼と名乗らせていたということになっています。これとまったく同じことが、甲州商事の関口社長についてもいえるのです。関口社長の名前は、徳久です。関口家は代々、徳という字を、名前のなかに使っています。現社長の父親は、徳之助《とくのすけ》、さらにその父親、祖父ですけど、彼の名前は、徳太郎《とくたろう》です。それなのに、今の社長は、息子の名前に徳の字を、使っていません。息子の名前は久幸です。つまり、武田信玄が、自分の跡取りに選んだ勝頼に、信の一字を使っていないのと、同じなのですよ」

「そこまで、関口社長は、武田信玄に、倣《なら》うだろうか？」

「心酔していますからね。武田信玄が、どんな人柄で、どんなふうに生きたか、それを克明に学んでいることは、関口社長の自伝からもわかります」

「君のいうことが、当たっているとしてだが、そうなると、久幸君の母親は、いったい、誰ということになるのかね？　それがわからないと、その話を、認めるわけにはいかないぞ」

「本当の母親は誰なのか、それを探ってみることにします。おそらく、諏訪家の姫君と同じような事情にあった女性だと思いますが」

「同じような事情というと？」

「今も申しあげたように、武田勝頼は、信玄が滅ぼした諏訪家の姫君と、信玄の間に生まれた子供です。同じように、甲州商事が吸収した会社の社長の娘さんか何かを、関口社長が愛してしまった。本妻さんには子供ができなかったが、その女性のほうには、子供ができた。そこで、自分の跡取りにしたが、さすがに、代々伝わっている徳という字を、名前につけることはできなかった。そこで、徳久の久という字だけを取って、久幸としたのではないか？　私は、そう思うのです。真実がわかり次第、すぐにご報告しますよ」

と、橋本は、約束した。

6

橋本は、翌日から、関口久幸の母親探しを始めた。それは、思ったほど、難しい仕事ではなかった。橋本は前もって、当たりをつけていたからである。

橋本が目を通したのは、甲州商事の社史である。社史には、技術力が優秀だったり、経営状態のいい小さな会社を、次々に吸収して、甲州商事が大きくなっていったことが、誇らしげに、書かれてあった。

前社長の時代から、現在の社長の代にかけて、十二の会社を、吸収している。吸収された会社の社長の多くが、現在、甲州商事で、取締役や相談役を、務めている。

そのなかで、市川運輸一社だけ、事情が少し違っていた。

市川運輸を吸収したのは、関口社長が、三十歳の時である。

一方、吸収された市川運輸の社長は、名前を、市川久一郎《いちかわひさいちろう》といい、当時六十八歳だった。

関口社長が、うちの運輸部門の取締役になってほしいと、優遇を約束したのだが、先祖代々続いてきた会社を、自分の代で吸収されてしまったことに、社長の市川久一郎は悲しみ、自殺してしまった。

残された家族は、ひとり娘の由美子《ゆみこ》、当時三十歳だけである。

市川運輸の社員のほとんどが、甲州商事の社員になっているのだが、そのひとりにきくと、

「お嬢さんは大変な美人で、縁談もたくさんあったみたいなんですが、歳取った市川久一郎社長を助けて働いていて、婚期を逸してしまった。そういうお嬢さんでしたね」

と、橋本に、いった。

「今、市川由美子さんが、どうしているか、ご存じですか？」

と、橋本が、きくと、相手は、

「それが消息不明で、まったくわからないのですよ。市川運輸と甲州商事が合併というか、正しくは、市川運輸が、吸収されたわけなんですけど、その記念パーティには、父親の市川久一郎社長が、自殺したにもかかわらず、お嬢さんは、気丈に、出席していましたけどね。その後、消息がわからなくなってしまっているのです」

その時、関口社長は三十歳、妻の圭子《けいこ》は三十二歳である。結婚後十年経っていたが、二人の間に、子供は、できていなかった。

ところが、その翌年、突然、二人の間に子供が生まれ、関口社長は、

「十一年も子宝に恵まれなかったが、やっと、自分の子供の顔を見ることができて、とにかく嬉しい」

と、いって、その子に、久幸という名前をつけた。

そのおめでたの一年後に、妻の圭子は、病死してしまっている。

関口社長が、生まれた子供を抱いて微笑んでいる写真は、彼の自伝にも、載っている。嬉しそうに、久幸という名前を、紙に書いて、カメラに向かって見せている写真も、載っていた。

当時、関口社長の徳久という名前から一字取って、久幸と、名づけたとあり、自伝にもそう書いてあるが、しかし、橋本は、それは違うと思った。

嫡出子ならば、徳久の久を取らずに、徳を取ったに違いないのである。

それに、三十歳の時に、吸収合併した市川運輸の社長で、自殺してしまった市川久一郎の名前にも、久の字が含まれている。

おそらく、その一字を取って、久幸と名づけたのではないのか？

そこまで、関口社長が気を遣ったとすれば、どうしても、市川久一郎の娘、由美子との関係が、気になってくる。

橋本は、充分な調査費用を、小山田社長からもらっていたので、新たに、二人の私立探偵を雇って、市川由美子の消息を、追ってみることにした。

橋本を入れた三人の私立探偵は、市川由美子の親戚などに当たり、また、由美子が卒業したF女子大の同窓生にも会って、話をきいてみた。

その結果、現在、彼女が、どこで何をしているのかは、摑めなかったが、由美子が三十歳の頃、何があったかは、少しずつ、明らかになってきた。

F女子大の同窓生のひとりが、こんな話をしてくれた。

「お父さんが自殺した時は、気の毒なくらいに、落ちこんでいましたよ。お父さんのあとを追って、自殺してしまうのではないかと思って、心配していたんですけど、その後、突然、小田原《おだわら》にある、豪華なマンションに、住むようになったんです。私は、彼女がお父さんとやっていた運輸会社が、吸収合併されてしまって、お金に困っているんじゃないか、と思っていたんですけど、あんな豪華なマンションに、急に入ってしまうんですものね。よくお金があったわね、といったら、彼女、ただ、笑っているだけでしたけど、今思うと、ちょっと、不思議な笑い方でしたわ」

「その後、市川由美子さんは、どうしたんですか？」

「翌年、急に、近くの病院に入院してしまったんです。そのことをある人からきいて、慌てて、お見舞いにいったら、面会謝絶でした。ですから、今でも、どんな病気で入院していたのか、まったくわからないんですよ」

「その病院ですが、産婦人科のある病院でしたか？」

「そういえば、産婦人科もある、総合病院でしたわ」

「それで、いつ退院したのですか？」

「面会謝絶なものですから、お見舞いには、いかなかったんですけど、三カ月くらいしてからだったかしら、どうしているのか心配だったので、いってみたら、退院したと、教えられたんです。それで、小田原のマンションにいってみたら、そこにもいなくて、その後の消息が、まったくわからないんですよ」

「市川由美子さんは、父親の自殺を悲しんでいたが、突然、小田原の、豪華なマンションに住むようになった。そして、翌年、産婦人科のある総合病院に、入院した。そういうことですね？　それで間違いありませんね？」

「ええ、そうです。間違いありません」

その女友だちが、いった。

橋本は、事情がのみこめるようになってきた、と思った。

関口社長は、三十歳の時に、市川運輸を吸収した。だが、その時点で、結婚後十年経っても、子供ができなかった。

その翌年、妻、圭子との間に、待望の男の子、久幸が、生まれている。

翌年ということで、ぴったりと嚙み合うのだ。

勘ぐれば、市川由美子は、関口社長の女になって、小田原の豪華なマンションを与えられ、そこで、暮らすようになり、関口社長は、時々、訪れるようになっていたのではないのか？

翌年、二人の間に、子供ができ、病院に入院した。それをカモフラージュするために、関口社長の妻、圭子も同じように入院し、そこで長男、久幸が、生まれたように装ったのではないのか？

当時の、市川由美子の写真も、手に入れることができた。その顔写真と、関口久幸の顔写真を比べてみた。

久幸は、父親の関口徳久に似ているが、口元のあたりは、市川由美子に似ているような気がする。

次の日曜日に、橋本は、そのことを、越後実業の小山田社長に伝えた。

橋本が、二枚の写真を並べて、説明すると、小山田は、

「なるほどね」

と、うなずいたあと、

「しかし、このことは、誰にも、喋らないでいてほしい」

と、いった。

「敵の弱みには、つけこみたくない。そういう心境ですか？」

「もちろん、それもあるが、果たして、このことが、関口社長の弱みになるだろうかね？」

「それは、わかりませんが、このため、息子の久幸さんを、甘やかして育ててしまった。それはあると思いますね」

とだけ、橋本は、いった。

第二章　家臣団

1

川中島《かわなかじま》では、五回の戦《いくさ》がおこなわれている。

一五五三年、天文二十二年八月、武田信玄の信濃《しなの》侵攻で、領地を追われた村上《むらかみ》義清《よしきよ》を助けるため、上杉謙信が、信濃に出兵した。布施《ふせ》で初対決。これが第一次川中島の戦いである。

一五五五年、天文二十四年四月、犀川《さいがわ》を挟んで、武田信玄と上杉謙信が対峙《たいじ》した。これが第二次川中島の戦いで、睨み合うこと二百日、今川義元《いまがわよしもと》の調停で和睦し撤退。

一五五七年、弘治三年四月、上野原《うえのはら》で起こった戦が第三次川中島の戦いで、決着がつかないまま、両軍とも兵を引き揚げている。

一五六一年、永禄四年八月、先に上杉謙信が出兵し、少し遅れて、武田信玄が出兵した。これが、第四次川中島の戦いで、五回にわたる川中島の戦いのなかでも最大の激戦となり、世に川中島の戦いというと、この戦いのことを指して呼ぶことが多い。

武田方の、武田信繁《のぶしげ》、山本勘助《やまもとかんすけ》らが戦死し、上杉方も、戦死者多数を数えた。

一五六四年、永禄七年八月、武田信玄と上杉謙信は、塩崎《しおざき》で対峙するが、結局、両軍とも戦わないままに退いた。これが第五次川中島の戦いであり、これ以後、両者が相まみえることはなかった。

昔から、川中島の戦いで、武田方、上杉方、どちらが勝ったのかの判定は、難しいといわれてきた。

特に、第四次川中島の戦いでは、両軍の主力が対峙し、武田軍の山本勘助が、啄木鳥《きつつき》戦法を信玄に上申して、武田信玄がそれを取りあげ、兵を二つにわけて妻女山《さいじょさん》、標高五百四十六メートルの場所に陣を取る上杉勢を、挟み撃ちにしようとした。それを覚《さと》った上杉謙信が、夜のうちに千曲川《ちくまがわ》を渡り、夜明けとともにいっせいに、武田信玄の本陣に切りこんだ。

その時、上杉謙信自身、武田信玄の本陣に切りこみ、武田信玄は、軍配で、上杉謙信の太刀を防いだといわれている。

この場面はあまりにも有名で、屏風絵にもなっているし、銅像にもなっている。

2

永禄四年八月、上杉謙信は、一万八千の兵を率いて、越後を出発、信州《しんしゅう》川中島に向かった。それまでに、三度の小競り合いがあったが、いずれも、決戦とまではいかなかった。

上杉謙信は、今度こそ、武田信玄の首を取らなければ、越後には帰らずの決意を持っていた。

八月十五日、川中島に到着。一万八千のうち五千を善光寺《ぜんこうじ》に残し、本隊の一万三千は、武田方の城、海津《かいづ》城を横目に見て、妻女山に向かった。妻女山は標高五百四十六メートル、頂きからは平城の海津城を眼下に見下ろすことができる。

海津城に立て籠もる武田方の軍勢は、わずか三千である。一万三千の上杉軍には、到底敵わない。

急報に接した武田信玄は、二万の軍勢で甲府を発ち、八月二十四日に川中島に到着し、海津城に入った。

上杉勢が陣を取る妻女山と、信玄の入った海津城との間の距離は、約二キロ。その後数日間、両軍は、睨み合ったまま、動かなかった。

先にしびれを切らしたのは武田信玄で、軍議を開き、作戦を山本勘助に委ねた。

山本勘助が進言した作戦は、兵を二つにわけ、別動隊一万二千が、上杉勢のいる妻女山を背後から襲い、本隊は、千曲川と犀川の間にある八幡原《はちまんばら》に布陣する。別動隊の狙いは、上杉軍を山からおろして八幡原に誘いこみ、本隊とで挟み撃ちするという作戦だった。

これが世にいう、啄木鳥戦法である。

武田軍が、動いたのは、九月九日深夜。別動隊一万二千が、海津城を出発して、上杉軍の背後に回った。

上杉謙信は、二キロ先の海津城から立ちのぼる炊煙《すいえん》が、いつもと違うことから、間もなく、武田軍が動くだろうと察していた。

しかも、武田軍が、二手にわかれて、攻めてくるであろうことも気づいて、偽の幟《のぼり》を立て、篝火《かがりび》を焚いたまま、闇に乗じて妻女山をおりた。

山をおりた上杉軍は、麓を流れる千曲川の渡しを渡った。深夜の渡河である。

江戸後期の学者、頼山陽《らいさんよう》は、上杉軍のこの渡河を漢詩に詠んでいる。

鞭聲粛々夜河《べんせいしゆくしゆくよるかわ》を過《わた》る
暁に見る千兵の大牙を擁するを
遺恨十年一剣を磨き
流星光底長蛇を逸す

川を渡った上杉軍は、渡河地点に千の兵を配置し、武田信玄の本陣のある、八幡原に向かった。

このとき、濃い霧が、八幡原を覆っていたという。

朝日が昇り、霧が晴れると、武田軍は、色を失った。妻女山にいるものとばかり思っていた、上杉軍一万二千の大軍が、目の前に、突如として、現れたからである。

裏をかかれて狼狽する武田軍に、上杉軍一万二千が、殺到した。

上杉謙信が、武田信玄の本陣をつき、一騎打ちとなった。上杉謙信が太刀をふるい、武田信玄が軍配で受けるという、あの有名な場面が、展開した。

妻女山の背後に回った別動隊は、妻女山にいるはずの上杉軍が姿を消し、蛻《もぬけ》の殻《から》だと気づく。さらに、八幡原の方向からは、鬨《とき》の声がきこえてくる。裏をかかれたことをしって、あわてて、山をおり、八幡原に急いだ。

しかし、その時すでに八幡原は、激戦の最中だった。

不意をつかれた武田軍では、重臣の戦死が相ついだ。

おもな死傷者は、

武田軍
武田信繁《たけだのぶしげ》（信玄の弟）　戦死
油川信吉《あぶらかわのぶよし》　戦死
諸角虎定《もろずみとらさだ》　戦死
望月盛時《もちづきもりとき》（信濃森城主）　戦死
三枝守直《さいぐさもりなお》　戦死
山本勘助《やまもとかんすけ》　戦死
武田義信《たけだよしのぶ》（信玄の嫡男）　負傷

初鹿野忠次《はじかのただつぐ》　　義信を守って戦死

上杉軍
志駄義時《しだよしとき》　　戦死
荒川長実《あらかわながざね》　信玄に切りつける　戦死
大川忠秀《おおかわただひで》　　戦死
庄田定賢《しょうださだかた》　　戦死

そして、武田軍四千、上杉軍三千の死者を出した。
敵味方入り乱れての激戦、混戦だった。

3

三年後に、上杉謙信と武田信玄は、五回目の出陣をするが、戦うこともなく両軍とも撤退して、その後は、川中島で、両軍が戦うことはなかった。
この川中島、第四次合戦では上杉、武田のどちらが勝ったのか？

江戸から明治にかけて、さまざまな説が唱えられている。

一般的にいわれているのは、前半は、上杉軍の勝ち、後半は、武田軍の勝ちというものである。

前半、山本勘助の作戦を見破った上杉謙信に裏をかかれた武田軍は狼狽し、劣勢に立たされる。昼になってやっと、別動隊が川中島に到着すると、その後は、上杉軍が劣勢になり、善光寺に引き揚げた。

したがって、前半は上杉軍の勝ち、後半は武田軍の勝ちといわれるのだ。

この戦いで、上杉軍は三千、武田軍は四千の死者を出したが、重臣たちの戦死は、圧倒的に武田軍のほうが多い。しかし、上杉軍は、結局、越後に引きあげている。

それに引き替え、武田軍は、信濃に止まったのだから、結果的には、武田信玄の勝ちだと主張する人も多い。武田優位の説があるのは「甲陽軍鑑《こうようぐんかん》」のせいだといわれる。

「甲陽軍鑑」は、武田信玄を中心とした甲州武士の事跡、心構え、理想を述べた書物である。江戸幕府が、甲州流軍学を採用したため、広く、武士たちに読まれた。

著者は、小幡景憲《おばたかげのり》といわれるが、その元となった記録の著者は武田信玄の家臣の高坂昌信《こうさかまさのぶ》（高坂弾正《だんじょう》）であるという説が有力である。川中島合戦についても、記述されているが、著者が、武田信玄の家臣ということもあって、武田家寄りの記述は、止むを得ないかもしれない。

有名な「啄木鳥戦法」については、こう書かれている。

〈二の備衆をもつて跡先より押はさみ、討取様になさるべく候と、山本勘助申上る故〉

また、上杉謙信と武田信玄の一騎打ちにしても「甲陽軍鑑」にはあるが、ほかの書物には、見当たらない。それぞれ、一万八千と、二万の軍勢を指揮し、その上、一騎当千の武将がいるのに、総大将同士が直接、太刀や軍配で戦ったりするだろうか、という疑問を投げかける人もいるのだが「甲陽軍鑑」にある話が、そのまま、歴史になってしまった。

川中島の合戦は、その激しさ、華やかさから、江戸から明治にかけて、屏風絵として描かれている。

だいたい五つのパターンの「川中島合戦図屛風」が描かれたが、そのなかの四つまでが「甲陽軍鑑」の記述を絵にしたものだ。一つだけが、上杉方の「北越軍記《ほくえつぐんき》」などに基づいて、描かれている。

一対四という比率は、圧倒的である。そのなかの一つに、岩国美術館《いわくに》にある、岩国本といわれる屛風絵がある。

江戸時代（十七世紀）に描かれたもので「甲陽軍鑑」の記述を、忠実に再現した絵物語である。

左から右に、戦いが再現されていくのだが「甲陽軍鑑」どおりに描かれているから、最初は、武田勢が苦戦しているが、別動隊が到着すると形勢が逆転し、屛風絵の最後は、武田勢が、逃げる上杉勢を追撃している絵になっている。

唯一「甲陽軍鑑」に基づかない「川中島合戦図屛風」は、和歌山《わかやま》県立博物館にある、いわゆる紀州本《きしゆうぼん》と呼ばれる川中島合戦図屛風である。

江戸時代（十七世紀）に、描かれたもので、その製作の経過が、面白い。

寛文年間（一六六一〜七三）紀州藩主徳川頼宣《とくがわよりのぶ》が、狩野《かのう》派の絵師に描かせたものので、その時、越後流軍学者、宇佐美定祐《うさみさだすけ》の意見を参考にした。

徳川御三家の紀州藩主である徳川頼宣が、なぜ「川中島合戦図屛風」を作るとき、幕府が重んじていた甲州流軍学ではなく、越後流軍学を参考にしたのか。当時、徳川頼宣は、中央から敬遠されていたので、それに反発して、上杉方の作った「北越軍記」を参考にして「川中島合戦図屏風」を作ったといわれている。「甲陽軍鑑」に依らず「北越軍記」に依って描かれた「川中島合戦図屏風」は、ほかのものと比べて、次の三点が違っている。

一、屏風絵のラストが、上杉勢の勝ちになっている。

二、上杉謙信と武田信玄の一騎打ちの場面で、武田信玄は軍配ではなく、太刀を使っている。

三、同じく、一騎打ちの場面が、地上ではなく、川のなかである。

この三点の違いは、重要である。「甲陽軍鑑」によれば、川中島の戦いは、互いに一勝一敗だが、最後に現地に残ったのは、武田信玄で、上杉謙信は越後に引きあげたのだから、結局、武田軍の勝ちになるとしている。しかし「北越軍記」

では、最後まで、上杉軍の勝ちである。

武田信玄は「甲陽軍鑑」によれば、上杉謙信に対して、軍配で応戦している。なぜ、太刀でなく、軍配なのか。そこには「総大将は、決して刀を抜かず、指揮に専念する」という甲州流軍学の姿勢が、あるからだ。だが、上杉方の視点の「北越軍記」から見れば、本陣にまで攻めこまれていて、軍配で応戦する余裕などあるはずがない。当然、太刀で応戦したに違いないということである。

第三の点は、第二の延長になる。

あの時、武田信玄は、千曲川と犀川の間の、八幡原に陣を敷いていた。その数八千。そこへ突然上杉勢一万二千が、急襲した。数においても、上杉勢が、圧倒しているから、武田勢は、算を乱して、敗走したはずなのに、武田信玄が、ゆうゆうと、床几《しょうぎ》に腰をおろしているのは、おかしいではないか。

だから、上杉方から見た「北越軍記」によれば、兵は、将を見捨て逃げ出してしまった。大将の武田信玄も、馬に乗って逃げ出し、背後の千曲川にまで、乗り入れた時、上杉謙信に追いつかれて、斬りつけられた。それで「北越軍記」によって描かれた「川中島合戦図屏風」では、最後、川のなかで、上杉謙信に追いつかれた武田信玄が、馬に乗り、太刀を抜いて、応戦しているのである。

一体、どちらの川中島の戦いが、本当なのか?

二百六十五年にわたる江戸時代、幕府は、甲州流軍学を尊重し「甲陽軍鑑」が、信じられてきた。

そのため、川中島の戦いは、一勝一敗、どちらかといえば、武田軍の勝ち。

武田信玄は、本陣を動かず、床几に腰をおろしたまま、軍配で、上杉謙信と戦った。

また、川のなかまで、馬で逃げてはいない。

という説が、定着してしまった。

4

越後実業の小山田社長は、やっとできあがった「川中島合戦図屏風」の複製を、広い社長室に飾って、ご満悦だった。

小山田社長は、その大きな屏風絵を、橋本豊に見せながら、

「どうだ、これは。一五六一年、永禄四年の川中島合戦の屏風絵だよ。これを見れば一目瞭然、あの川中島の合戦では、上杉軍が、勝ったんだ」

「これは、複製でしょう？　どうやって、手に入れたんですか？」

「これは、いわゆる、紀州本と呼ばれていて、藩主の徳川頼宣が、狩野派の絵師に、描かせたものなんだ。この紀州藩主は、幕府の中枢に対して反抗心があってね。江戸で作られた、多くの『川中島合戦図屏風』が、すべて、武田勢優勢で描かれているのに反発して、上杉勢優勢の屏風を、描かせたんだよ。今、この屏風は、和歌山県立博物館に飾られている。私は、何とかして、この屏風絵を手に入れたくてね。今まで、何年にもわたって手段を尽くして、やっとレプリカを、手に入れたんだ」

「私がしっている一騎打ちの場面ですが、たいてい上杉謙信が、馬上から、武田信玄に切りつけていて、その太刀を、武田信玄が軍配で受けている。そういう絵なんですが、これは、違っていますね？　陸上ではなくて、川のなかで、戦っていますが」

「その川は、千曲川だよ。千曲川を背にして、武田信玄は、本陣を張っていたのだが、上杉軍に急襲され、川のなかまで馬で逃げていった。そこへ上杉謙信が、切りつけたんだ。江戸幕府が『甲陽軍鑑』に書かれた甲州流の軍学を信奉しているのに、紀州藩では『北越軍記』という上杉謙信の側から書いた本を、もとにしているから、こんな絵になっている。私は、ここに描かれた絵のほうが、真実に、近いと思っているんだよ」

「この絵を見ていると、気分爽快になりますか？」

「確かに、気分は爽快だな。しかし、まだ、不満がある」

小山田社長が、息まいた。

「どんな不満ですか？」

「『川中島合戦図屛風』には、代表的なものが、五つあるんだが、これを除いたほかの四つは、全部『甲陽軍鑑』をもとにして描いてあるから、武田軍が勝っているんだ」

「社長は、どうしたいと、思っていらっしゃるんですか？」

「一番いいのは、私のライバル、甲州商事の関口社長に、川中島合戦では、上杉勢が勝ったと認めさせてやりたいんだ」

「私は、そうした大きな問題では、何のお役にも、立てません」

先回りするように、橋本が、いうと、小山田は、

「確かにそうだな。君の力では、どうにもならん」

と、うなずいた。

そのあとで、小山田社長は、コネを利用して、国土交通大臣の井口公生《いぐちきみお》を動かして、ある奇妙な提案を甲州商事の関口社長にしたのである。

新橋《しんばし》の料亭〈よし万〉での会談に、橋本は、社長秘書という形で、参加させられた。

この会談の席上、何か問題が起きた場合、橋本に、第三者としての立場から、証言させる気なのだろう。自分の社の社員を使っては、証言に、信憑性がなくなるからである。

少なくとも、橋本は、そう受け取った。

ゴールデンウィークの終わった五月十三日、橋本は、小山田社長の秘書ということで、新橋の料亭〈よし万〉に向かった。

仲居に案内されて、奥の部屋に入っていくと、そこには、甲州商事の関口社長が、三十代の秘書を連れて、先にきていた。

小山田の顔を見ると、関口は、驚いた顔で、

「今夜は、国土交通省の井口大臣のお招きでここにきたのだが、君は、何をしにきたんだ?」

「私も、君と同じように、井口大臣のお招きで、きたんだ」

小山田も、やり返した。

十二、三分遅れて、井口大臣が、到着した。還暦をすぎた、といわれているが、小太りで、元気そのものという様子である。

二人の秘書をしたがえ、部屋に入ってくるなり、井口は、

「いや、遅くなって申しわけない。急に会議が開かれたものでね」

と、いいながら、腰をおろした。

ワインでの乾杯と、和食の食事がすんだあと、井口大臣は、腕時計に、目をやりながら、

「申しわけないが、あと十五、六分しか時間がない。まず、君の提案から話してもらえないかね？」

と、いって、小山田の顔を見た。

小山田は、井口大臣と関口社長の顔を交互に見ながら、

「間もなく、夏を迎えます。夏といえば、私も、そこにいる、甲州商事の関口社長も、川中島合戦のことを、頭に浮かべます。川中島で、合計五回にわたって、上杉謙信と武田信玄は、争っていますが、なかでも、第四次川中島合戦は、その戦いの激しさで、これこそ、川中島合戦といわれているものです。上杉勢は、三

千人が死亡、武田勢は、四千人の戦死者を出しています。私が問題にしているのは、この合戦の勝者は、果たしてどちらなのか、ということです。江戸時代、徳川幕府が、甲州流軍学を信奉し『甲陽軍鑑』が大勢の人に読まれたために、どうしても、武田信玄側が、有利ということになってしまっています。しかし、私の目から見れば、あの川中島で勝ったのは、上杉勢のほうなのですよ」

「そんなことはない！」

突然、関口社長が、叫ぶように、いった。

「誰が考えても、武田信玄が、勝っていますよ。その証拠に、上杉謙信は、越後から出られなかったのに、武田信玄は、今の山梨県である甲斐《かい》から、今の長野《ながの》県である信濃まで、勢力を拡大しているんです。戦いに勝ったからこそ、それができたのです」

「いや、上杉謙信は、百戦してたった二回しか、負けていないんですよ。川中島で、武田信玄と五回戦っているけど、一度も、負けていない」

小山田社長が、これも、相手に負けない大声で、いい返した。

「証拠があるのか？」

「証拠を、これから作るんだよ」

「証拠を作るって、君は、いったい何をするつもりなんだ?」

「われわれ二人で、戦うんだよ。そして、もし、君が、私に降伏したら、以後、上杉武田の戦いは、上杉の勝ちだと認めるんだ」

「私と君とで、殴り合いでもしようというのかね?」

関口の言葉に、小山田は、笑って、

「そんな、野蛮な真似はしないよ。やるのは、知恵比べだ。私が上杉謙信になり、君が武田信玄になる。一万とか二万とかの軍勢、つまり、社員を動かすわけにはいかないから、社員のなかから、十五人を選んで、それで、知恵比べをするんだ」

「十五人?」

「そうだよ、十五人だ」

「しかし、昔から、武田二十四将といって、武田信玄には、二十四人の有力武将が、いるんだ」

驚いたことに、関口社長は、その武田二十四将の名前を、すらすらと、挙げて、いった。

山本勘助
一条《いちじょう》信龍《のぶたつ》
原《はら》昌胤《まさたね》
真田《さなだ》信綱《のぶつな》
小幡《おばた》虎盛《とらもり》
横田《よこた》高松《たかとし》
土屋《つちや》昌続《まさつぐ》
多田《ただ》満頼《みつより》
小山田《おやまだ》信茂《のぶしげ》
三枝《さいぐさ》守友《もりとも》
飯富《おぶ》虎昌《とらまさ》
甘利《あまり》虎泰《とらやす》
武田信廉《のぶかど》
武田信繁
小幡昌盛《まさもり》
原虎胤《とらたね》

内藤《ないとう》昌豊《まさとよ》
真田幸隆《ゆきたか》
高坂昌信
山県《やまがた》昌景《まさかげ》
馬場《ばば》信春《のぶはる》
秋山《あきやま》信友《のぶとも》
穴山《あなやま》信君《のぶきみ》
板垣《いたがき》信方《のぶかた》

「しかし、武田の家臣団といったって、年代によってずいぶんと違ってくるだろう？　私のほうは、上杉家臣団として、十五人を選んだ」

　小山田は、ポケットから手帳を取り出すと、負けないような大きな声で、その十五人を並べていった。

直江《なおえ》景綱《かげつな》
斎藤《さいとう》朝信《とものぶ》

長尾《ながお》政景《まさかげ》
村上《むらかみ》義清《よしきよ》
北条《きたじょう》景広《かげひろ》
安田《やすだ》長秀《ながひで》
新発田《しばた》長敦《ながあつ》
宇佐美《うさみ》定満《さだみつ》
本庄《ほんじょう》慶秀《よしひで》
甘糟《あまかす》景持《かげもち》
柿崎《かきざき》景家《かげいえ》
小島《こじま》弥太郎《やたろう》
前田《まえだ》慶次《よしつぐ》
直江兼続《かねつぐ》
色部《いろべ》勝長《かつなが》

「これで、十五人だ。だから、そちらも、十五人にしてほしいんだよ。誰を残すかは、君の自由だ。そして、十五人が決まったら、それから戦いということになってくる。川中島合戦と呼ばれているのは、第四次の川中島合戦のことでね。史実によれば、八月十五日から始まっている。一五六一年、永禄四年、上杉謙信は、一万八千の兵を率いて、越後から川中島に向かった。その後、五千の兵を善光寺に残し、一万三千は、敵方の海津城を横目に見て、妻女山に陣を敷いた。それをしった武田信玄も、急遽《きゆうきよ》、二万の兵を率いて川中島に急行する。八月十八日、甲府を出発し、二十四日に、川中島に着いている。その後、武田信玄は、山本勘助の作戦を尊重して、別動隊一万二千を上杉軍のいる妻女山の背後に回らせた。そして、本隊の八千が八幡原に陣を敷いた。それが九月九日の深夜のことだ。そして、夜明けとともに、上杉謙信の一万二千の兵が、突然、武田軍の本陣に攻めこむ。そして例の、上杉謙信と、武田信玄の一騎打ちということに、なってくるんだ。つまり、八月の中旬から九月の十日にかけて、最も激しかった、第四次川中島合戦が起きたことになる。それを真似て、今年の夏、八月から九月にかけて、私と君、そして、家臣それぞれ十五人で、戦おうじゃないか？　どんな手段を講じてもいいから、例えば、私が、君の選んだ十五人のなかから、二名の社員を、ヘッドハンティングで、こちらにつけてしまえば、十三対十七となり、私が、勝ったことになる。どうだね、この戦いで、川中島合戦に、終止符を打とうじゃないか？　今後、負けたほうは、川中島で自分たちの軍が、負けたと認める。二度と、勝ったとはいわない。どうだね？」

小山田は、じっと、関口を見つめた。

しばらくの間、関口は黙って、小山田を睨んでいたが、

「よし、いいだろう。その戦争、受けて立とうじゃないか」

「それでは、君がいった武田二十四将のなかから、九人を削除して、こちらと同じ十五人にしてくれ」

と、小山田が、いった。

5

関口は、秘書としばらく話し合ったあと、十五人の名簿をつくり、審判役の井口大臣に渡した。

次に、小山田も、十五人の名簿を、井口大臣に渡す。

井口大臣は、最初は、怪訝な顔をしていたが、途中から明らかに、小山田の提案を、面白がっていた。

「こうして、十五人の名簿ができたのだが、戦いの期日は、いつからいつまでにするかね？」

と、二人の顔を見た。

「私は、八月十五日から、九月十五日までにしたいと思います」

と、小山田が、いった。

井口大臣は、

「しかし、川中島合戦のクライマックスは、九月十日だろう？　それなら、八月十五日から九月十日までに、したまえ。あとの五日間は、君たちの会社が、スポンサーになって、川中島合戦絵巻を繰り広げる、ということにしてはどうかね？　そうすれば、遺恨は残さずに、楽しい幕引きができるんじゃないのかね？」

と、いった。

「私は、それで、構いません」

「私も」

関口と小山田の二人が、同時に、いった。

「君たち二人が、そういうふうに、正々堂々と、戦うというのであれば、私も暇を見つけて、君たち二人の合戦の、審判を務めよう」

井口は、楽しそうに、いった。

6

関口社長が選んだ武田家臣団の十五人は、次のような名前になっていた。

高坂昌信
小幡昌盛
小山田信茂
小山田昌行
馬場信春
飯富虎昌
甘利昌忠
小幡信貞
真田幸隆
芦田信守

相木昌朝
武田信廉
武藤昌幸
保科正俊
山県昌景

井口大臣は、名簿を楽しそうに見ていたが、

「もちろん、八月十五日から始まるゲームでは、十五人ずつの、上杉家、武田家の武将の名前を、当然、それぞれの会社の部課長に当てはめるんだろうね？」

「そのとおりです」

「もし、社員たちに、この家臣団の名前をつけたら、ぜひ、私に見せてもらいたいものだね。その点は、約束してくれるのかね？」

「わかりました」

小山田と関口が、ほとんど同時に、いった。

その後、井口大臣は、

「これから閣議があるので、私は、このあたりで失礼する」

と、いって、立ちあがりながら、

「それぞれ、秘書を連れているが、秘書君にも、感想をききたいものだね。まず、甲州商事の秘書君から、きかせてもらえないか？」

と、いった。

三十代の秘書は、自分の名前をいったあと、

「最初は、びっくりしましたが、一五〇〇年代の、川中島合戦を、現代に再現するというのは、若輩の私にとっても、楽しい試みで、どんな結果が出るのか、楽しみに見ていきたいと思います」

と、いった。

「君のほうは、どうだ？」

井口大臣が、今度は橋本に目をやった。

「私は、日本の歴史、特に、戦国の時代に興味があります。戦国時代の歴史を読んでいくと、さまざまな武将が、出てきます。なぜか、信長《のぶなが》、秀吉《ひでよし》、家康《いえやす》が、人気ですが、あの戦国時代に、最も強かったのは、上杉謙信と武田信玄じゃなかったか、と思うのです。もし、上杉謙信が、四十九歳で亡くなっていなかったら、武田信玄が、五十三歳で亡くなっていなければ、豊臣《とよとみ》秀吉の天下統一もなかった

でしょうし、徳川家康が、徳川幕府を作ることもできなかった。私は、そう思うんです。ですから、うちの社長と、甲州商事の関口社長が、現代の川中島合戦をしようというのには、大いに賛成です。どんな結果が出るのかと想像するだけで、楽しいじゃないですか？　社員のひとりとしては、正々堂々と戦ってほしい。それだけが、私の希望です」

と、橋本は、いった。

帰りの車のなかで、橋本が、不思議そうに、

「甲州商事が出してきた、この名簿ですが、二十四将の時と、十五人にしぼった時と、ずいぶん、違っていますね。第一、山本勘助の名前が、消えています。私なんかは、ほかの武将はほとんどしりませんが、山本勘助だけは、よくしっています。その山本勘助を、どうして消してしまったんでしょうか？」

「君は、なぜだと思うね？」

「私には、わかりません」

「川中島合戦が、どんな戦いだったかを考えれば、よくわかる」

なぜか、小山田が、にやっと笑った。

「あの戦いでは、武田信玄が、山本勘助の進言を入れて、軍を二手にわけ、一万

二千の別動隊を、上杉謙信が陣を取る妻女山に向かわせた。上杉勢の背後に回った別動隊に、追い出された上杉勢は、仕方なく、川中島、八幡原に向かう。そこには、武田軍の主力、八千が待ち構えている。別動隊と主力で、上杉勢を、挟み撃ちにする。それは、いわゆる啄木鳥戦法といわれる作戦ですが、うまくいかなかった」

「問題は、どちらが勝ったか、だ?」

「一般には、前半は上杉方の勝ち、後半は武田方の勝ち、といわれています」

「それは、別動隊が、戻ってきて戦いに間に合ったという前提に立っている」

「そうですが――」

「もし、間に合わなかったら？」

「武田軍の完敗、上杉軍の完勝でしょうね」

「真実は、間に合わなかったと、私は、見ている」

「しかし、歴史的には――」

「それは『甲陽軍鑑』のなかの歴史だよ」

「武田軍の別動隊が、間に合わなかったという証拠でもあるんですか？」

「ある」

小山田は、きっぱりと、いった。

「そんなものがあるとは、しりませんでした」

橋本は、半信半疑だった。そんなものがあるとは、きいたことがなかったからである。

「ここに、武田家臣団の名簿がある。それを本隊と、別動隊にわけてある。赤丸をつけた家臣は、この戦いで、戦死した者だ」

「何人も、死んでいますね。山本勘助も戦死している」

「本隊は、八千。そこに、上杉勢一万二千が、急襲したんだから、惨敗も止むを得ない。次々に、家臣が、戦死していく。一方、一万二千の別動隊は、どうしていたか？」

「妻女山に向かったが、すでに、蛻の殻だったわけでしょう？」

「その上、八幡原の方角で、戦いの叫び声がきこえたはずだ。別動隊の指揮をとる高坂昌信は名将だ。小幡昌盛は、甲州流軍学者小幡景憲の父親だ。飯富虎昌は、武田軍団のなかで、赤備え《あかぞな》で有名だ。つまり別動隊にも、勇将が一杯いたんだ。その勇将たちは、切歯扼腕《せっしやくわん》したはずだ。一杯くわされたままでは、武田軍団の恥。何とか、川中島合戦に間に合って、上杉勢をひとりも越後に帰すなという気持ちになっていただろう。もし、別動隊が戦いに間に合っていたら、川中島の戦いは、もっと、激烈なものになって、両軍の間に、より多くの戦死者が出ていたはずなのだ」

「それは、わかります」

「ところが、この名簿を見てみたまえ。本隊のほうでは、山本勘助をはじめ、七人もの家臣、重臣が、戦死、負傷しているんだ。しかし、別動隊のなかには、戦死者はひとりもいないし、負傷者もいないんだよ。おかしいだろう？　これが、別動隊が、戦いに間に合わなかった証拠だよ」

「甲州商事の関口社長は、そのあたりを、どう思っているんでしょう？」

「その点は、わからないが、彼が提出した名簿は、面白かった」

「どんなふうに、面白いんですか？」

「関口は、最初、武田の二十四将の名簿を出した。ところが、十五人に、しぼった時、川中島で戦死した重臣を、全部、除外してしまったんだよ」

「そうですね。山本勘助の名前も、消えていました」

「それに、十五人のほうは、ひとり目から十一人目まで全部、別動隊の家臣の名前になっているから、何か、気づいているのかもしれない」

と、小山田は、いった。

7

翌日、小山田は、課長以上の社員を集めて、幹部会議を、開いた。

これからの事業についての指針を、与えたあと、小山田は、

「これからの話は、ゆったりとした気持ちできいてもらいたい」

といい、秘書に命じて、壁に、一枚の名簿を貼り出させた。

そこには、十五人の、上杉家臣団の名前が、書いてあった。

「わが社の最大のライバルは、君たちもよくしっているとおり、甲州商事である。私も、向こうの関口社長も、ともに、戦国時代の武将、上杉謙信と武田信玄の生き方を見習っている。ということは、私が社長をしているこの越後実業は、すなわち、上杉家臣団ということになる。向こうは、武田家臣団だ。そして、四百五十年前の川中島合戦で、上杉軍と武田軍のどちらが勝ったのか、依然として、その決着が、ついていない。武田勢が、優勢だという声もあるが、これは、武田家が滅亡したあと、徳川幕府に仕えた家臣が書いた『甲陽軍鑑』のせいであ

る。上杉家の家臣の書いた『北越軍記』によれば、当然、上杉家が、勝ったことになっている。しかし、上杉家の家臣が書いたものということで、正当性が得られていない。そこで、私は、昨日、井口国土交通大臣の斡旋《あっせん》で、甲州商事の関口社長と話し合い、あるゲームをおこなうことにした。八月から九月にかけてが、川中島合戦のあった時である。その間、私が上杉謙信になり、関口社長が、武田信玄になる。そして、この壁に貼り出したような、十五人の家臣団を作り、向こうも同じように十五人の家臣団を作る。互いが約一カ月にわたって戦い、勝ったほうが、今後、自分の考えを主張することができる。私が勝てば、川中島合戦は、上杉家の大勝利であり、逆に、関口社長が勝てば、川中島合戦は、武田家の大勝利ということになる。この現代の戦争ゲームに、ぜひ、ここにいる課長以上の幹部社員にも参加してほしいのだ。君たちのなかで、この武将に扮したい、というものがあれば、その武将の下に、自分の名前を書いてほしい。その気持ちを尊重して、現代の川中島合戦に参加させる」

と、小山田が、いった。

最初のうち、課長以上の幹部社員たちは、戸惑っていた。

というのも、小山田社長のいう、現代の川中島合戦というのが、いったい、どんなものなのか、見当が、つかなかったからだ。

しかし、小山田が、

「例えば、向こうの、部長や課長のひとりか二人を、ヘッドハンティングして引き抜き、こちらの陣営に、入れることができた場合は、ボーナスを出す。あるいは、敵の重要なポストにいる人間の欠点を、探し出してくれれば、それに対しても、ボーナスをはずむ」

と、いった途端に、幹部社員たちの間に、ざわめきが、起こった。

そのなかのひとりが、急に立ちあがって、十五人の家臣団のうちのひとりの名前の下に、自分の名前を書きつけた。

「よし、君が、一番手柄だ。管理課長の寺内《てらうち》君か」

小山田が褒めそやすと、その期待に応えるように、二、三人が、ばらばらと立ちあがって、自分の好きな武将の名前の下に、ボールペンや万年筆で、自分の名前を、書きつけ始めた。

8

その後も、橋本は、日曜になると、小山田社長から、本社ビルの社長室に、呼ばれていた。

小山田社長は、機嫌がよかった。

「上杉家臣団の十五人だがね。課長以上を集めて、会議で話をしたら、すでに五、六人の社員が、志願をしてきている。この分なら、あと一週間もあれば、十五人全員が、決まるはずだ。ただ、うちでは、全員に、ある資格を要求しているがね」

小山田は、意味ありげに、橋本に、いった。

「しかし、現代の川中島合戦が始まるのは、八月十五日からじゃありませんか?」

橋本が、いうと、小山田は、大きな声で笑って、

「確かに、あの時は、八月十五日から、九月十日までと決めたが、真剣勝負は、すでに、始まっているんだ。だから、君も引き続き、甲州商事の弱点を、探し出してきてほしい」

「それを、どう使うんですか？」

「もちろん、八月十五日からの、現代の川中島合戦で使うんだ」

「しかし、上杉謙信というのは、仏教の信奉者で、自分のことを、毘沙門天だといっていましたよね？　毘沙門天というのは、世界を守る四天王のひとりでしょう？　その上、上杉謙信は、義によって戦うことを、信条としていたんじゃありませんか？　武田信玄が、塩に困っていたら、武田信玄に塩を送ったという話も、有名で、そんな上杉謙信を尊敬しているのでしょう？　私のような私立探偵が調べてきた、向こうの弱みを利用することなど、してはいけないんじゃありませんか？」

橋本が、いうと、小山田は、また、大きな声で笑って、

「どれも、裏も表もある言葉なんだよ。例えば、君は、上杉謙信が武田信玄に塩を送ったといっているが、いつも上杉謙信が、武田信玄を尊重していたわけではない。戦いの前に、武将は、たいてい、寺に願文を奉納することになっているが、例えば、永禄七年、上杉謙信が武田信玄と戦う前に、越後の寺に、奉納した願文には、こんなことが、書いてあるんだよ。武田信玄は、父親を追い出して乞食に落とした。人道に外れている。これこそ、仏と神に、逆らうことであるとい

った願文を書いているんだ。そのくせ、武田信玄が亡くなった時には、上杉謙信は、声をあげて泣いた、といわれている。その時その時で、気持ちが変わるんだ。表では褒めていても、裏ではけなしている。つまり、戦国時代というのは、そういうものなんだよ。それが当たり前なんだ。今の経済界も戦国時代だからね。正義を唱えたって、どうしようもないこともある。だから、隙あらば、敵の足をすくっても構わないんだ」

小山田社長が、いった。

「しかし、井口大臣の前では、関口社長と二人で、お互いに、正々堂々と戦うことを、誓ったんじゃなかったですか？」

「もちろん、私だって、できれば、正々堂々と戦いたい。しかし、すべて、駆け引きだからね。向こうだって、正々堂々と戦うかどうか、わからない。こちらは、その用心を常にしておく必要がある。そのために、君を雇っているんだ」

9

橋本は、また、甲州商事の営業課長、佐伯と、日曜日の夕方に、会うことにした。

例によって、夕食に招待すると、佐伯は、

「ここにきて、妙なことになってきてね」

と、いった。

「妙なことって、何ですか？」

たぶん、あのことを、いっているのだろうと思いながら、橋本は、きいてみた。

「うちの社長が、何だか、変なことを始めたんだよ」

「変なことって、何ですか？」

「ご存じのように、うちのライバル会社は、越後実業でね。あそこの社長は、自分のことを、上杉謙信だと思っている。うちの社長は、武田信玄が、尊敬する人物でね。それだけなら、まだいいんだが、今度、現代の川中島合戦をやろう、ということになったらしいんだ。社長同士で、そんなことを、勝手に決められても、部下には、大迷惑な話なんだがね」

「どんなふうに、迷惑なんですか？」

「社長は、十五人の武将の名前を、壁に貼り出したんだよ。武田信玄の、十五人の家臣の名前だ。自分が、そのなかの誰になりたいか、その家臣の名前の下に、自分の名前を書け、と社長は、いうんだ」

「面白いじゃないですか」

「確かに、面白いといえば面白いが、当事者の、僕たちにしてみれば、そうもいっていられないんだ。社長は、こんなふうに、いうんだよ。例えば、向こうの幹部を引き抜いてきたら、賞金を出す。ボーナスを、増やすってね。そのためには、どんな、卑怯な手を使っても構わない。何しろ戦国時代だから、というんだ」

「お宅の社長は、そんなふうに、いったんですか？」

「そうなんだ。一応、夏の約一カ月間と、区切ってはいるが、会社の仕事をする上に、ライバル会社、越後実業の幹部を、ヘッドハンティングしなければならないんだからね。そうしなければ、ボーナスは出ないし、社長の信頼まで、失ってしまう。突然、ライバル会社の社員を引き抜いてこいといわれたって、どうしたらいいか、わからないじゃないか」

「確かに、そうですね。佐伯さんは、現代の川中島合戦に、参加しないんですか？」

「正直いって、迷っている。参加して、手柄を立てれば、ボーナスはあがる。しかし、何もしなければ、ボーナスは、さがる。社長にだって、冷たい目で、見られるようになるだろう。何しろ、うちの社長というのは、武田信玄の生まれ変りを、自任しているんだからね」

「ほかに、困っていることは、ありませんか？」

「あるよ。あるから、困っているんだ。社長は、こんなこともいったんだ。ヘッドハンティングで、越後実業の幹部を引き抜いてこい。それが、できなければ、相手幹部の秘密を、調べてきて、それをネタに脅かして、八月十五日からの約一カ月間、病気ということで、会社を休ませる。それにも成功報酬を払う。それだけ、向こうの戦力が、ダウンするからね。そんなことも、社長はいうんだよ」

「大学の同窓生で、現在、越後実業で働いている人は、いないんですか？」

「ひとりか二人は、いると思うが」

「そのひとりか二人に、接触してみたらどうなんですか？　金をやって、今年の夏、約一カ月間、会社を休ませたら、どうですか？」

「そんな卑劣な真似は、したくない」

「関口社長は、そんなことぐらいできなければ、現代の戦士にはなれない、そういっているんでしょう？」

「そうなんだよ。だから、困っているんだよ」

第三章　高坂昌信戦死

1

八月十五日を目指して、奇妙な戦いが、始まった。

両社の水面下で、いったい、何がおこなわれているのか、橋本豊にも、まったく、わからなくなってきた。

ここにきて、橋本は、情報の外に置かれるようになってきたのである。

越後実業の小山田社長に呼ばれることも、なくなってしまったが、なぜか、手付金の二百万以外にも、一カ月、五十万円の報酬が、橋本の口座に振り込まれてくる。

以前ならば、その報酬は、何かを調べてくれという、小山田社長の要求と受け取ったのだが、ここにきて、要求がなくなり、まるで、これまでのことは、口にするなという、口止め料に思えてきた。

さらに、甲州商事の営業課長、佐伯とも連絡が取れなくなった。佐伯の携帯に電話をかけても、通じないのである。どうやら、携帯電話を替えてしまったらしい。なぜ、そんなことをしたのか？　橋本には、わからなかった。

目に見えない戦争が起きていて、その戦場には、絶対に、部外者を踏みこませないと、決めたような感じだった。

そうなると、おかしなもので、橋本は、意地になって、越後実業と甲州商事の間で、何が起きているのか、それをしりたくなってきた。

橋本は、一つの表を作った。それは、越後実業と、甲州商事がお互いに発表した、上杉勢十五人と、武田勢十五人、総勢三十人の武将の名前を書いたものだ。

問題は、それぞれの会社で、その、十五人ずつの武将に、現在の社員の誰がなっているか、ということだった。

橋本は、越後実業と、甲州商事の写真入りの社員名簿を手に入れた。全社員の写真が載っているわけではない。載っているのは、係長以上で、平社員は名前だけである。

甲州商事の社員名簿には、佐伯営業課長の写真も、載っていた。

佐伯が、最後に食事をした時、橋本に向かって、

「僕は、歴史には、あまり興味がないから、十五人の武将のなかの、誰でもいいと思っているんだ」

と、いったのは覚えている。

その時に、佐伯は、こんなこともいったのだ。

「ひとりだけ、この武将にぴったりだという奴がいるんだ」

佐伯が口にしたのは、秘書課長の三村正樹《みむらまさき》という名前だった。

「僕と同じ大学の後輩で、甲州商事に入った奴なんだけど、あいつは、もう、決まっている。あいつは、高坂昌信、それしかないね」

そういって、妙な笑い方をしたのだ。

どうして、三村という秘書課長が、武田十五将の、高坂昌信にふさわしいのか？　なぜ、高坂昌信は、あいつしかいないのか？

その時は、わからなかったし、いい加減な気持ちで、きいていたのだが、こうなってくると、橋本には、それが、気になって仕方がなかった。

写真入りの社員名簿を、手に入れたので、橋本は早速、三村正樹という秘書課

長の写真を、見てみた。

小さな写真なので、正確な顔立ちはわからないが、三村が、美男子であることは、わかった。

それで、佐伯は、高坂昌信は、秘書課長の三村しかいないといったのか？ それとも、ほかに何か、特技のようなものがあって、そのことをいいたかったのか？ 備考欄には、剣道二段とあった。

はっきりしているのは、武田信玄が、甲州商事社長の関口で、上杉謙信は、越後実業社長の小山田に違いないということだけである。

「これから、いったい、何が、起きるんだろうか？」

橋本は、考えこんでしまった。

そして、六月に入ってすぐの五日、一つの事件が起きた。

2

自宅マンションで、テレビを見ながら、昼食を取っていた橋本は、突然流れた「甲州商事」「三村正樹さん」というアナウンスと文字を見て、衝撃を受けた。

〈今朝、青山《あおやま》二丁目のマンション、レジデンス青山の十二階の部屋で、甲州商事の秘書課長の三村正樹さん、三十歳が死んでいるのが、発見されました。三村さんの死因は、青酸カリによる中毒と思われ、他殺と自殺の両面から、警察が捜査を進めています〉

それだけの簡単なアナウンスのあと、甲州商事本社と、背広姿の三村秘書課長の写真が画面に映った。

3

警視庁捜査一課の十津川警部たちは、レジデンス青山の十二階の三村正樹の部屋にいた。

十津川たちが、鑑識を連れて、この部屋にきたのは、その日の午前九時半だった。

部屋の住人が死んでいて、他殺の可能性があるというしらせを受けて、十津川たちは、このレジデンス青山の一二〇五号室に入ったのだが、その時の、異様な光景は、まだ、十津川の脳裏に、焼きついていた。

この部屋の住人、三村正樹、三十歳は、純白のバスローブを着て、仰向けに倒れて、死んでいた。

その純白のバスローブの、胸のところには、武田菱のマークが入っている。

十津川が、何よりも、異様に感じたのは、死に顔に、化粧が施されていたことだった。うっすらとだが、明らかに、顔には、化粧が施されていた。唇にも紅がさされている。

死体に顔を近づけると、まず、最初に、青酸中毒死特有の、アーモンド臭がしたが、それと合わせて、お香のようないい匂いもした。

調べてみると、バスローブのポケットに、匂い袋が、入っていたのである。

テーブルの上には、高価なシャンパンの瓶があり、床には、シャンパングラスが、転がっていた。

そのグラスに残っていたシャンパンには、あとでわかったのだが、青酸カリが、混入していたのである。

もちろん、テーブルの上に置かれたシャンパンの瓶のなかにも、青酸カリが、混入していた。シャンパングラスは一つしか見つからなかった。

最初に、死体を発見したのは、このマンションの管理人だった。その管理人が、十津川に、こう、証言した。

「今朝の八時すぎでした。男の人が電話をかけてきて、十二階の一二〇五号室の三村さんのことが心配なので、見にいってくれないか。ひょっとすると、自殺しているかもしれない。そういわれたので、急いで、マスターキーでドアを開けてなかに入ったら、三村さんが、仰向けに倒れていたのです。最初に、救急車にきてもらいましたが、もう亡くなっているということで、救急隊員の方が、警察に、連絡したのですよ」

「その電話をかけてきた男の人は、この部屋の三村さんが、自殺をしているかもしれないので、見にいってくれ、といったんですね？」

十津川が、確認するように、管理人にきいた。

「ええ、そういっていました」

しかし、2LDKの広い部屋をいくら捜しても、遺書のようなものは、見つからなかったし、パソコンにも、死を覚悟したような文章は残っていなかった。

十津川は、甲州商事に、連絡を取った。

すぐに、黒柳《くろやなぎ》という人事課長が、駆けつけてきて、死んでいるのが、甲州商事の秘書課長の三村正樹であることを、確認した。

「亡くなった三村さんですが、仕事のことや個人的なことで、最近、悩んでいるようなことは、ありませんでしたか？」

十津川がきくと、黒柳は小さく首を横に振って、

「いえ、そんなことは、まったくありません。それどころか、ここにきて、会社の経営状態がよくなっているので、社長のご機嫌もよくて、三村君自身も大いに張り切って、仕事をしていたんですよ」

「三村さんは、まだ独身だったようですね？」

「ええ、まだ三十歳ですからね。最近、うちの社員は、男性も女性も晩婚で、なかなか結婚しないんですよ。独身のほうが、気ままでいいんじゃないですかね。私なんかは、早く、結婚してしまいましたから、後悔していますよ」

黒柳は、苦笑してみせた。

「この白いバスローブですが、胸のところに、武田菱のマークが入っていますね。これは、お宅の会社のマークですか？」

「うちの社長は、武田信玄の生まれ変わりを自任していましてね。会社のマーク

にも、この武田菱を、使っているのです。うちの購買部でこのマークの入ったバスローブを販売していて、なかなか評判がいいんですよ」

「それからもう一つ。三村さんは、ご覧のように、薄化粧をしています。それに、バスローブのポケットには、匂い袋も入っていました。三村さんには、そういう趣味が、あったんですか？」

「そういう趣味ですか？」

困ったような表情で、黒柳がきき返した。

「ええ、そうです。薄化粧をするとか、いつも、匂い袋を身につけているとか、そういう趣味ですが」

「そういうプライベートなことは、私にはわかりませんが」

急に、黒柳は曖昧な口調になった。

「三村さんは、お酒が好きでしたか？　シャンパンとか、ワインとか」

「そうですね。お酒は、決して、弱いほうじゃありませんでしたよ。しかし、彼が好きなお酒の種類までは、わかりませんね」

また、黒柳は曖昧ないい方になった。

「確か、新聞か、週刊誌で読んだんですが、お宅の会社と、越後実業とは、昔からのライバル同士で、この夏に、川中島合戦を再現するというような記事を読んだんですが、本当ですか？」

亀井刑事が、きいた。

「ええ、うちの社長と、越後実業の社長が、二人で会って、決めたようですね」

「今までは、そういう催しを、やっていなかったんですか？」

「いや、うちの会社は、うちだけで、毎年九月に信州で、川中島合戦の再現をやっていて、これが地元で評判がいいんですよ。越後実業のほうは、向こうだけで、上杉謙信祭りをやっているそうです。両社が合同で、川中島合戦の祭りをやるのは、今回が、初めてです」

「どうして、これまで、合同でやってこなかったんですか？」

十津川が、きくと、黒柳は笑って、

「川中島合戦は、日本の代表的な戦争です。昔も、そして、今も、そうですが、武田と上杉のどっちが勝ったのか、はっきりしません。うちの社長と越後実業の社長は、お互いにうちが勝ったといって、ずっと揉めているんです。だから、今まで、合同でお祭りをやってこなかったんですよ。お互いに、自分たちに有利な、川中島合戦にしようとしますからね。どうしたって、なかなか話がまとまらないんです」

「それなのに、どうして、今回は合同で、川中島合戦の、お祭りをやることにしたんですか？」

「うちの社長と、越後実業の社長とが、話し合ったようです。そろそろ、どっちが勝ったのか、歴史的な事実に、決着をつけようじゃないかと、そういうことになったみたいですよ」

「しかし、今までずっと、どっちが勝ったかで、揉めてきたんでしょう？」

「ええ、そうです」

「それに、どうやって、決着をつけるんですか？」

「それは、私にはわかりません。おそらく、社長同士が話し合って、決めるんじゃありませんか？」

と、黒柳が、いった。

司法解剖の結果が判明した。

死因は、やはり、青酸中毒である。床に転がっていたシャンパングラスのなかにも、そして、テーブルの上に残っていた、シャンパンの瓶のなかにも、同じ青酸カリが検出された。

死亡推定時刻は、昨夜、六月五日の午後十時から十一時の間。

問題は、青酸カリが混入したシャンパンが、誰かが持ってきたものなのか、亡くなった三村正樹自身が、買ったものなのかということである。

その後、三村が死んでいた、リビングルームの隅で、シャンパンが入っていたと思われる、桐の空き箱が発見された。

その桐の箱には〈贈〉という大きな字が、墨で書かれてあった。この「贈」という字を素直に、そのまま受け取れば、三村が飲んだシャンパンは、誰かが持ってきたものと考えるのが、妥当なところだろう。

だとすれば、他殺の可能性が大きくなってくる。誰かが、三村を殺そうとして、青酸カリ入りのシャンパンを、桐の箱に入れて、彼に贈ったのだ。

4

十津川は、詳しい話をきくために、甲州商事の本社を訪ねることにした。

亀井と二人、まず、社長室で、関口社長に会った。

広い社長室である。まず目につくのは〈風林火山〉と大きな字で書かれた、額だった。

社長の関口は、六十歳ぐらいか。赤ら顔で、元気旺盛という感じで、十津川の問いに快活に、受け答えしていたが、亡くなった三村秘書課長のことを十津川がきくと、急に、神妙な顔になって、

「前途有望な社員でしたからね。残念の極みです」

と、声をつまらせた。

「関口さんは、武田信玄を、崇拝しているときいたのですが？」

「いや、私は、武田信玄の生まれ変わりだと、確信しています」

「人事課長の黒柳さんに、おききしたのですが、今年の夏に、越後実業とのあいだで現代の川中島合戦をやるそうですね」

「ええ、そのとおりです。審判には、国土交通省の井口大臣に、なってもらうつもりで、お願いしてあります」

「ここの廊下に、武田十五将とあって、十五人の武将の名前が書かれた紙が、貼ってありました。少し離れたところには、上杉十五将とあって、こちらにも、上杉の武将十五人の名前が、書いてありました。あれは、なんですか？」

「越後実業とやる川中島合戦で、一番いいのは、両方の全社員が、敵と味方にわ

かれて、戦うことですが、それでは、あまりにも大げさになってしまう。それで、当時の川中島合戦に参加した武将のなかから、十五人の武将を選んで、それに社員を当てはめることにしたんです」

「一番気になったのは、十五将のひとり、高坂昌信の下に、亡くなった、三村正樹さんの名前が書いてあったんですが、あれは、社長が決められたのですか？」

十津川がきくと、関口社長は、

「いや、全社員のなかから、募集したんです。前もって、武田の武将十五人の名前を、書いておいて、自分のなりたい武将を選んで、その下に、自分の名前を書けと、いっておいたんですよ。秘書課長の三村君は、高坂昌信が、好きだったんでしょうね。だから、そこに、自分の名前を書いたんだと思いますよ」

「ほかの、十四人の武将の下には、複数の名前が、書いてありましたね。二人か、三人の社員たちが、その武将になりたい場合、最後の決断は、社長がなさるんですか？」

「まあ、そんなところです」

「しかし、高坂昌信の下には、三村さんの名前しか、ありませんでしたよ。ほかの社員は、高坂昌信になるつもりは、ないんでしょうかね？」

「いや、それは、たまたまで、そんなことはないと思いますがね」

「亡くなった三村正樹さんというのは、社長の関口さんから見て、どんな社員でしたか？」

十津川がきくと、

「さっきもいったように、優秀で、責任感の強い社員でしたよ。私の秘書として、彼以上に、信頼のできる社員は、いなかったんじゃないですかね。彼が亡くなってしまって、がっかりしています。彼の後継者は、なかなか、見つからないでしょうから」

関口は、本当に悲しそうに、肩をすくめてみせた。

「現在、秘書課には、何人の社員が、いらっしゃるのですか？」

亀井が横から、きいた。

「確か五名です」

「その秘書課長さんが、三村さんということですね？」

「そうです」

「ほかの四人の方は、どういう経歴の方ですか？」

「すべて優秀な社員ですよ」

「秘書課には、女性の方は、何人いらっしゃるんですか？」

「現在はすべて男性社員です」

「女性の社員がいたほうが、いいのではないかと思うのですが、女性は、秘書には、向いていませんか？」

「こんなことをいうと、誤解を招くかもしれませんが、社長の私から見ると、秘書というのは、男性のほうが、信頼が置けるのではないですかね。女性の秘書というのは、どうしても、感情的になりますから」

と、関口が、いった。

その時、十津川が、何気なく、窓に目をやると、その向こうに、ちょうど、同じ高さに大きな窓があって、カーテンが引かれていた。

「向こうの、カーテンの引かれた部屋ですが、あそこは確か、越後実業の、社長室じゃありませんか。越後実業の社長さんは、確か、小山田さんでしたね？」

「ええ、そうです」

「小山田さんも、関口さんと同じように、上杉謙信の生まれ変わりと、自任しているんでしょうか？」

「たぶん、そうでしょうね」

と、関口は、うなずいたあと、

「ところで、警察は、三村君の死を、どう考えているんですか？　自殺ではなくて、殺されたと、思っているんでしょうね？　捜査一課の刑事さんが、わざわざ、訪ねてきたんだから」

と、話を変えて、いった。

「自殺と、他殺の両面で、調べていますが、今のところ、殺された可能性が、非常に高いと、思っています」

「もし、三村君が、殺されたのなら、犯人は、越後実業の人間ですよ」

関口は、決めつけるように、いった。

「しかし、今年の夏には、越後実業と合同で、川中島合戦を、やることになっているんじゃありませんか？」

「ですから、なおさら、越後実業の人間が怪しいんじゃないかと、私は、思っているんです」

十津川がきく。

「どうしてですか？」

「現代の川中島合戦をおこなうことに決めたあと、うちの社内では、越後実業に対するライバル意識が、社員の間にも、広がっていきましてね。当然、向こうにだって、同じ雰囲気が、会社のなかに生まれてきていると思うのです。今までは、ライバル会社ではあっても、社員の間には別に、恨みつらみもない。そう思っていたのが、少しずつ、一種の敵愾心のようなものが、湧いてきた。特に、越後実業のほうは、そうなっていると思っているのですよ。それが弾けて、うちの優秀な社員が、殺されてしまった。あり得ないことではないでしょう？」

「しかし、どうして、こちらの甲州商事より、向こうの越後実業のほうが、社員の敵愾心が強くなっていると、いい切れるんですか？」

十津川がきいた。

「いいですか。昔から、武田、上杉のどちらが、川中島合戦で勝ったかという論争が続いています」

「それは、先ほど、おききしました」

「今までのところ、こうなっているのです。川中島で、武田と上杉が対峙したのは、前後五回ありますが、合戦らしい合戦は、第四次の川中島の合戦なんです」

「それについては、調べてきました」

と、十津川は、笑顔になって、

「確か、例の、山本勘助が、啄木鳥戦法を提唱して、武田勢が二手にわかれて、上杉勢を挟み撃ちにしようとしたが、上杉謙信が先手をとって、武田勢の本陣に切りこんできた。確か、そうでしたね？」

「ええ。お互いに、多くの死傷者が出て、激戦でしたが、冷静に見ると、武田勢が勝っているんですよ」

「そういう定説が、あるんですか？」

「今もいったように、この戦いは、大変な激戦で、死傷者の数も、ほぼ同じです。有名な武田信玄と上杉謙信の一騎打ちでも、勝敗がつかなかった。しかしですね、冷静に考えると、この合戦のあと、上杉勢は、越後に逃げているんです。武田勢のほうは、その場所を確保して、引き揚げていないのです。戦いそのものは互角でも、土地を支配したのは、武田勢ですから、あの戦いは、武田勢の勝利なんです。越後実業の社員だって、たぶん、そのぐらいのことは、しっていると思いますね。だから、何かというと、劣等感を感じるんでしょう。それが、社員の間にも、蔓延しているんだと思いますよ。だから、今度、合同で川中島合戦をおこなうことになって、その劣等感が、逆に、敵愾心に変わって、うちの代表的な社員である三村君を、殺したのではないかと、私は、勘ぐっているんですがね」

「しかし、同じ甲州商事の社内にも、三村さんを、恨んでいる人間が、いるんじゃありませんか？　関口社長の話をきいていると、三村さんは、優秀な社員だというし、いわば甲州商事では、出世コースにも、乗っていたんじゃないんですか？　それならば、同じ会社の社員のなかに、敵がいてもおかしくありませんよ」

亀井が、いうと、関口社長は、むっとした顔になって、

「確かに、うちの社員の間にも、ライバル心というのは、ありますよ。それがなければ、社員の間の向上心もなくなりますからね。ただ、今年は、ちょっと違うんです。いいですか？　越後実業と、川中島合戦をやることになってから、うちの社員たちは、一致団結する気持ちが、強くなっているんですよ。これはね、社長の私が、驚いているくらいなんです。刑事さんがいうように、三村君に、ライバル心を持つ社員がいたとしても、この戦いが終わるまでは、一致団結して、越後実業に勝とうということで、個人的な恨みは、それまで抑えておこうという雰囲気なんですよ。だから、うちの社員のなかに、犯人はいません」

5

十津川と亀井が、甲州商事の本社が入っているビルを出て、駐めてあるパトカーに向かって歩いていると、後ろから、呼び止められた。

振り返ると、そこにいたのは、元部下の橋本豊だった。

橋本が、ぜひ、話したいことがあるというので、十津川は、彼を近くの喫茶店に連れていった。

コーヒーを注文したあとで、橋本は、

「今日、お二人が、甲州商事の本社にいらっしゃったのは、自宅マンションで亡くなった、秘書課長のことを、調べるためでしょう？」

「ああ、そうだ。社長と人事課長に会って、死んだ三村秘書課長のことを、きいてみた」

「関口社長は、何といっていましたか？」

「ライバルの越後実業の人間が、三村正樹を殺したに、決まっていると、決めつけていたよ」

「そんなことをいっていたんですか？」

「ああ、そうだ。同じ甲州商事のなかに、三村秘書課長のことを、恨んでいる社員もいるんじゃないかといったら、関口社長は、こういっていたよ。今度、越後実業と合同で、川中島合戦をおこなう。それが決まってから、うちの社員は、個人的な恨みなどは、すっかり忘れて、全員が、結束してきているから、秘書課長の三村正樹を殺したのは、絶対に、うちの社員ではなくて、ライバル会社の、越後実業の社員に、決まっている。そういうのさ」

「なるほど、そういう話ですか」

「君は確か、越後実業の小山田社長に頼まれて、甲州商事のことを、いろいろと、調べていたんじゃなかったのか？」

十津川が、橋本に、きく。

「ええ。毎月、報酬をもらって、いろいろと調べていましたが、ここにきて急に、小山田社長から連絡がなくなったし、甲州商事の社員とも、接触ができなくなったんですよ。水面下で何か起きているんじゃないかと、思っていたんですが、突然、甲州商事の秘書課長が死んだというので、びっくりしてしまったんです。あれは、やはり、殺人ですか？」

「殺しに間違いないと思っている」

「そうですか。実は、三村正樹という秘書課長については、前から、気になっていたんです」

「殺される予感でもあったのかね?」

「そうではありませんが、今、甲州商事と、越後実業では、それぞれ、武田信玄、上杉謙信の武将十五人の名前を、リストアップし、それに、今の社員を当てはめることがおこなわれています」

「それは、今日、しったよ。会社の廊下に、リストが、貼ってあった」

「私は、佐伯という営業課長と親しかったので、その件についてきいたことがあるんですが、彼は、こんなことを、いっていました。社員たちは、いろんな武将になりたがるだろうが、高坂昌信だけは、もう決まっている。それが、秘書課長の三村正樹だといって、にやにや笑っていましたね。そんな時に、三村秘書課長が、死んだときいて、びっくりしたんです。それで改めて、佐伯営業課長に、話をきこうと思って、今日、甲州商事にいったんですが、受付で、断られてしまいました。急に、甲州商事のガードが、固くなった感じです」

「いったい、いつから、そんなふうになったんだ?」

「越後実業の社長と甲州商事の社長が会って、現代の川中島合戦をやろうといい出したあとから、急に、私のほうに、情報が、入らなくなってしまったんですよ」

「どうして、そうなったと、君は思っているんだ？」

「私にはわかりません。ただ、奇妙なのは、その後も、毎月きちんと、報酬だけは振り込まれているんです」

「仕事を、何もやらなくてもかね？」

亀井が、きく。

「ええ、そうです。ですから、これはひょっとすると、口止め料かなと思ったりもしているんですが」

橋本が、笑う。

「ところで、君がいったことだがね。三村秘書課長と、高坂昌信の関係だ」

「ええ」

「会社の壁に、武田十五将の名前を書いたものが貼ってあったことは、いったね？」

「はい」

「社員たちが、自分の好きなというか、自分が演《や》ってみたいと思う武将の名前の下に、名前を書いていた。ほかの十四将の下には、複数の社員の名前が、記入されていたが、高坂昌信の名前の下には、三村正樹の名前しかなかった」

「やっぱり、そうですか」

「三村秘書課長が殺された直後なので、気になってね。関口社長に、きいてみた」

「関口社長は、何といっていました？」

「偶然、そうなったんでしょうと、いったよ」

「警部は、その言葉、信じましたか？」

橋本が、きく。

十津川は、苦笑して、

「あれは、どうも、嘘くさかったな。関口社長は、理由をしっている。そう思ったよ」

「そうですか」

「君が親しくしているという、甲州商事の佐伯という営業課長だがね。どういう関係なんだ？」

「越後実業の小山田社長に、ライバルの甲州商事の弱点を探してくれと、依頼されたときに、甲州商事の営業課長の佐伯に近づいたんです。一緒に、酒を飲んだり、小遣いを与えたりしていたんですが、ここにきて、突然、なぜか、接触が、できなくなりました」

「その佐伯営業課長に、三村正樹と高坂昌信の関係を尋ねたのかね？」

「そうです」

「それで？」

「にやにや笑っていましたが、理由は、教えてくれませんでした」

「なぜかね？」

「何か、まずいことかもしれません」

「佐伯と三村正樹は社内で親しかったのかね？」

「同じ大学の後輩だと、佐伯は話していました」

「佐伯はいくつだ？」

「確か、三十五歳だといっていました」

「殺された三村正樹は、三十歳だ。それで、二人とも課長というのは、三村正樹の出世が早いのか、それとも、君のしっている佐伯が遅れているのか」

「佐伯は、甲州商事では、普通だといっていましたが」

「それなら、三村正樹の出世が、早いということになる。それを、妬まれて、殺されたのか？」

と、十津川は、いったあと、

「三村正樹と、高坂昌信のことだが、君は、何かしっているんじゃないのか？」

と、橋本を見た。

「テレビで、三村正樹が死んだというニュースを見たあと、気になったので、三村正樹と、高坂昌信の関係を調べてみたんです。三村が、社内の人気者らしいというのは、わかります。出世も早い。しかし、なぜ、高坂昌信なのかがわからなかったからです。普通、武田信玄の武将のなかで、人気者といえば、山本勘助ですよ。その次は、真田幸村の祖父ということで真田幸隆。けれど、高坂昌信は、いったいどんな手柄を立てたのか、どんな生涯を送ったのか、誰もしらないんじゃありませんか。それなのに、なぜ、三村正樹が高坂昌信と結びつくのか。それで、高坂昌信という武将のことを、調べてみようと、思ったんです」

「それで、どうしたんだ？」

「武田信玄と、その家臣の武将について書いたものに、片っ端から目を通してみました。特に、私生活の面を書いたものにです」

「何がわかった？」

「面白い本が、見つかりました。戦国時代の男色について、書かれた本です」

「男色か」

「衆道《しゅどう》とも、いわれていたようです」

「それで？」

「日本では、昔から、男色、男の同性愛に、寛容だったと、本には書かれていました。特に、戦国時代には武将の間で、美少年を愛することがはやり、江戸時代には、それが、町人の間にも広まった。例えば、有名な『東海道中膝栗毛』という小説のなかの、弥次《やじ》さんと喜多《きた》さんの間には、明らかに、肉体関係があったと、その本には、書かれていたんです」

「それは、しらなかった」

と、十津川が、いう。

「戦国時代の武将のほうは、もっと、堂々と、大らかに、男色を楽しんでいたようで、当時、日本にやってきた宣教師たちは、キリスト教では、同性愛が禁じられていたので、日本で公然と男色がおこなわれているのを見て、ショックを受けたといわれています。それも、陰に隠れてこそこそではなく、宣教師の会った織田《おだ》信長などは、美少年の小姓と関係のあることを、少しも隠さなかったため、なおさら、ショックを受けたといわれます」

「そういえば、織田信長と、森蘭丸《もりらんまる》の関係は有名だね」

「ほかにも、徳川家康と井伊直政《いいなおまさ》、羽柴秀次《はしばひでつぐ》と不破万作《ふわまんさく》なんかが有名だと、書いてありました。私は、まったく、しらなかったんですが」

「そして、高坂昌信と――？」

「武田信玄です。男色の研究家の間では、特に、この二人の関係は、有名だそうです」

「どうしてかね？」

「武田信玄から、高坂昌信に宛てたラブレターが、見つかっているからだそうです」

「どんなラブレターなんだ？」

「武田信玄は、高坂昌信の美しさに参ってしまったんですが、そのくせ、ほかの家臣と浮気したことが、高坂昌信にしられてしまい、あわてて、その弁解をした手紙だそうです」

「なるほど、男色でも、浮気は、駄目ということか」

「それだけ、武田信玄が、高坂昌信に惚れていたということでもあると思うのです」

「甲州商事の関口社長は、自分を、武田信玄の生まれ変わりといっているが、生き方や、性癖も同じと思っているんだろうか？」

「もしかしたら、関口社長は、美青年の三村正樹を愛して、自分と彼の関係は、武田信玄と高坂昌信の関係と同じだと、思っていたんじゃありませんか」

「それを、ほかの社員たちもしっていたから、高坂昌信の名前の下に、誰も、自分の名前を書かなかったということだな」

「そうなりますね」

「こうなってくると、容疑者の範囲が、広がってくるな。甲州商事の社員のなかに、社長の愛を争う者がいたら、そいつが、嫉妬から、三村正樹を殺したとも考えられるし、三村正樹が浮気したことが、動機だとすれば、関口社長が犯人の可能性も出てくるからね」

十津川が、難しい顔をする。

それまで、黙っていた亀井が、

「戦国時代の武将の男色というと、武田信玄よりも、上杉謙信のほうが、有名じゃないですか？　信長にしても、信玄にしても、ほかの武将にしても、バイセクシャルで、男も女もだったと思うのです。その点、上杉謙信は、生涯女を断《た》つと、誓いを立て、正室も側室も置かなかったといわれていますから、もっぱら、男色に耽っていたと考えられますよ」

「君の意見をききたい」

と、十津川は、橋本を見た。

「君は、図書館に通って、上杉謙信、武田信玄のことを調べたようだからね」

「戦国時代の武将のほとんどは、バイセクシャルだったといわれています。いわゆる両刀使いで、気に入った美少年を、小姓として傍に置く一方、正室を迎え、その上、側室まで置いています」

「謙信は、生涯女犯《にょぼん》はせずと誓っているから、そうなると、男色専門だったということになるのかね？」

「謙信を、男色専門の武将と見る人もいるようです」

「しかし、一時、仏門に入ったんじゃないか。いくら謙信でもその間は、男色は控えていたんだろう？」

「日本の大乗仏教は、女犯は禁じているのに、同性愛、男色に対しては、寛容なんです。それどころか、日本に男色を広めたのは、あの弘法大師空海《こうぼうだいしくうかい》だと、いわれているんです」

「本当か？」

「私が読んだ本には、そう書いてありました」

「日本の仏教は、女犯を禁じていたが、男色には寛容だったんだな？」

「そうです」

「謙信が、生涯、女犯せずと、誓ったのは、仏門に入る時だった。とすると、何のことはない。もともと、男色家の謙信は、女犯せずの誓いを立てても、何の痛痒《つうよう》も感じなかったことになる」

「そう思いますね」

「具体的にいうとどうなるんだ？　信長と森蘭丸、信玄と高坂昌信というような組合わせが、謙信にもあるのかね？」

「直江兼続の名前が、あがっています」

と、橋本が、いった。

「直江兼続なら、しっている。確か『愛』の字の兜をかぶっていた武将だろう」

と、十津川が、いう。

「そうです。幼少の時から、聡明で、謙信に可愛がられたといわれています。当時の武将のことを記した『名将言行録』には、直江兼続のことを『長高《たけたか》く、姿容《しよう》美しく、言語清朗なり』とありますから、美男子だったのは間違いないと思います。謙信に可愛がられたのも、当然でしょうね」

橋本は、研究の成果を、口にした。

「謙信と直江兼続は、まず、決まりだな」

と、十津川が、いうと、亀井が、

「問題は、越後実業の社員の誰が、直江兼続に当たるかでしょう。こちらも、甲州商事と同じく、十五人の武将のリストを作り、社員の立候補を募っているはずです」

「同感だ」

と、十津川は、うなずいた。

「君は、越後実業の小山田社長に、何回か会っているんだったな？」

亀井が、橋本に、きいた。

「頼まれて、甲州商事の弱点を調べていましたからね」

「小山田社長も、甲州商事の関口社長と同じで、上杉謙信の生まれ変わりを、自任しているのかね？」

「その意識は、強烈なものがあると、思いますね」

「謙信の男色については、どうなんだろう？」

「もちろん、悪いこととは、思っていないはずです。何しろ、謙信の生まれ変わりですから」

「小山田社長は、結婚しているのか？」

「現在は、独身です」

と、橋本は、いった。

「小山田社長に会う必要が、ありそうだな」

十津川は、亀井に向かっていった。

「そうですね。越後実業の社員のなかに、直江兼続がいるかどうかもしりたいですから」

6

翌日、十津川と亀井の二人は、越後実業の本社が入っている高層ビルを訪ねていった。

社長の小山田に会う前に、二人は、本社の廊下を調べてみた。

やはり、甲州商事と同じように、壁には、十五人の、上杉の武将の名前が貼り出してあって、その下に、社員たちが、自分の名前を書きつけていた。

問題は、直江兼続の下である。

「やはり、ひとりしか、名前を書いていませんよ」

と、亀井が、いった。

確かに、直江兼続の下には、後藤伸幸《ごとうのぶゆき》とだけ書かれ、ほかの名前はなかった。

それを確認してから、十津川と亀井は、社長室で、小山田と会った。

こちらには〈毘〉の一字が書かれた旗と、大きな川中島合戦の屏風絵も飾られていた。

「甲州商事の三村正樹という秘書課長が、亡くなったことは、小山田さんも、すでに、ご存じだと思いますが」

十津川が、切り出すと、

「もちろん、しっていますよ。しかし、うちとは、何の関係もありませんよ」

小山田が、いう。

「向こうの関口社長は、こちらの社員が、関係しているのではないかと、いっていますが」

「相変わらず、呆れた男だ」

小山田が、顔をしかめ、吐き捨てるように、いった。

「うちの社員が、甲州商事の社員を、殺すはずがないじゃないですか。ライバルといったって、うちのほうが、会社としての格が高いんですよ」

「そうですか、こちらのほうが、格が高いんですか？」

「そのとおり。向こうは寄せ集めの会社だが、うちは、代々、直系の社員で固めてある。そこが違う」

「なるほど」

「一番の違いは、創業の信念にあると思っているんですよ」

「どう違うんですか？」

「甲州商事は『利益』。それに対して、うちは『義』です」

「どうも、抽象的すぎて、よくわからないのですが」

「じゃあ、具体的に、上杉謙信と、武田信玄を比べてみましょう。武田信玄の信念というか、信条は、何だかわかりますか？」

「そうですね。風林火山かな？」

「そうです。孫子《そんし》からとった『風林火山』が、信玄の戦争観です。この『風林火山』のなかに『侵し掠《かす》めとること、火の如く』とあります。それが、信玄の信念『風林火山』なんですよ。つまり、信玄にとって、戦争は、侵略し、相手の土地を奪うことだったんです」

「戦争というものは、突きつめれば、そういうものでしょう」

「確かに、戦国時代の武将は、みんな、侵略することで、領土を広げていますがね。ただひとり、上杉謙信は、違うのです。上杉謙信は戦国時代最強の武将といわれているのに、ただの一度も、他国を、侵略していないんです。上杉謙信は『義』のためにしか、軍勢を動かさなかった。川中島の戦いにしても、武田信玄の信濃侵略で、領地を奪われた村上義清を助けるための出兵だったんですよ。武田信玄にしても、上杉謙信が、こうした『義』にあついことをしっていて、死に際して、わが子の勝頼に、困ったことがあったら、上杉謙信を頼れと、いっているのです」

「なるほど」

「これで、わかるでしょう。わが社の創業者は、上杉謙信を尊敬しているので、信条というか、社訓を『義』にしました。それに対して、甲州商事は、武田信玄と同じで『風林火山』です。小さな会社を叩き潰し、吸収合併して、大きくなってきたんですよ」

「その甲州商事と合同で、今度、川中島合戦を、再現するそうですね？」

「そういう約束をしている」

「さっき、廊下を通ったら上杉十五将というリストが、貼ってありました。上杉謙信の部下、十五人の武将の名前です。同じようなものが、甲州商事の廊下にも、貼ってありましたが、あれは、今度の川中島合戦に、使うのですか？」

「そういう約束で、私のところでも、希望者を募っているんです」

「そのことなんですが、リストを見ると、直江兼続のところには、ひとりの名前しか、書いてありませんでした。ほかの十四人のところには、三人も四人も、希望する社員の名前が書いてあるんですが、どうして、直江兼続のところには、ひとりの名前しか、書いてないのでしょうか？　確か、後藤伸幸という社員の名前が書いてありましたが」

「それは、直江兼続という武将が、大変優れた、武将だったからじゃないかな。それで、ほかの社員が遠慮して、あるいは、ためらって、直江兼続の下には、自分の名前を、書かなかったんじゃないかと思いますよ」

「とすると、直江兼続の下に自分の名前を書いた後藤伸幸という社員ですが、彼は、よほど自分に自信があるんでしょうね？　いったい、どういう人ですか？」

十津川が、きいた。

「社員として有能だし、人間としても、立派ですよ」

「美青年ですか？」

「美青年？」

「ええ、そうです。確か、直江兼続というのは、大変な美男子で、背も高かったと、何かに書かれていましたが」

「そのことなら、私もしっていますよ。その上、大変な武勇の持ち主で、徳川家康や伊達政宗《だてまさむね》と、平気で喧嘩をしていますからね。みんなが、遠慮をして、自分の名前を書かなかったのも無理はない」

「小山田社長は、直江兼続に扮する後藤伸幸という社員が、お好きですか？」

十津川が、きくと、一瞬、小山田は、戸惑いの色を見せて、

「私は、社員としての、後藤君の力量を買っているので、その点からいえば、もちろん、好きな社員のひとりですよ」

と、いった。

第四章　直江兼続戦死

1

捜査本部では、依然として、被害者、三村正樹、三十歳の死体の状態が、大きな話題となっていた。

発見された時、三村正樹は、甲州商事のマーク、武田菱が入った特注の純白のバスローブを着て、死んでいた。

そして、何よりも、異様だったのは、死体の顔には薄化粧が施され、その唇には、うっすらと口紅が塗ってあったことである。その上、バスローブのポケットには、匂い袋が、入っていた。

「一つの解釈としては、被害者が、武田の武将、高坂昌信に、自分をなぞらえていたということじゃないのかね？」

と、本部長の三上は、十津川に向かっていい、続けて、

「戦国時代の武将は誰でも、死というものが、いつも、自分の身近にあると感じていた。だから、勇猛な武将であればあるほど、死んだ時も美しくありたいと思って、当時の武将たちは、戦場でも薄化粧をしていたときいたことがある。例えば、豊臣と徳川が最後に戦った、大坂冬の陣・夏の陣で、豊臣方に属していた、木村重成《きむらしげなり》という若い武将がいた。彼は、勇猛果敢な人物としてしられていたが、出陣する時には、いつも、薄化粧をしていたといわれている。つまり、死んだ時にも美しくありたい、そういう願いなんだな。だから、自分を高坂昌信になぞらえていた被害者、三村正樹は、木村重成のような気持ちで、薄化粧をしていたんじゃないか、と思うんだがね」

「しかし、被害者は現代人です。それに、いつも自分を、高坂昌信だと思っていたわけじゃないでしょう？　バスローブをはおって寝る時には、いつも、薄化粧をしていたんでしょうか？　口紅を塗っていたんでしょうか？」

「被害者の部屋に、化粧道具は、なかったのかね？」

「捜索の結果、寝室から化粧道具が見つかっています。女性用のものです」

「それなら、被害者、三村正樹は寝る時はいつも、薄化粧をしていたということじゃないのかね？」

「しかし、毎日寝る時に、薄化粧していたとは、常識的には、とても考えられないのですが」

「それなら、六月五日は、三村正樹にとって、特別な日だったんだろう。だから、薄化粧をした」

「特別な日といいますと？」

「君も、鈍い男だな」

と、三上が、笑った。

「シャンパンのことですか？」

「そうだよ。桐の箱に入ったシャンパンだ。その箱には『贈』という字が、一字、書いてあったんだろう？　三村正樹は、そのシャンパンの贈り主が、社長の関口だと思ったんじゃないのかね？　たぶん普段から、関口社長は、自ら贈り物をするとき、品物に、直筆で『贈』という字を書いて、それを贈っていたんだろう。だから、贈られてきたシャンパンを、関口社長からのプレゼントだと思って、疑わなかったんだ。その上、関口社長と三村正樹との関係は、武田信玄と、高坂昌信の関係に似ていた。だから、三村正樹は、武田菱のマークの入ったバスローブを着、薄化粧をして、謹《つつし》んで、関口社長からの贈り物のシャンパンを飲んだ。ところが、そのシャンパンのなかには、青酸カリが、入っていた。三村正樹は死亡し、翌朝、マンションの管理人が、死体を発見した。こう考えれば、筋道が、立ってくるんじゃないのかね？」

「確かに、そう考えれば、納得できますが、もう一つ、疑問があります。翌六月六日の朝八時すぎに、男の声で、マンションの管理人のところに、電話が入りました。一二〇五号室の三村正樹さんが、自殺をしている恐れがあるので、部屋を調べてくれないか、と男がいったので、管理人は、部屋にいき、三村正樹の死体を発見した。この電話の男は、いったい、誰なんでしょうか？　なぜ、わざわざ管理人に電話をかけて、部屋を調べさせたんでしょうか？」

十津川が、きくと、三上は、また、得意そうに笑って、

「それだって、私にいわせれば、謎でも何でもない。管理人に電話をしてきた男は、犯人自身さ。彼が前日に、桐の箱に入った、青酸カリ入りの高級シャンパンを、三村正樹に贈ったんだよ。桐の箱には、社長の筆跡を真似て『贈』という文字が、書かれていた。だから、今もいったように、三村正樹は、てっきり、関口

社長からの贈り物だと、思いこんでしまった。犯人は、それを期待していたんだろうが、三村正樹が、果たして、そのシャンパンを、すぐに飲んだかどうかは、わからない。そこで、マンションの管理人に、電話をして、確かめたのさ。一二〇五号室の三村正樹に、自殺の恐れがあるから、調べてくれといった。そうすれば、管理人が、一二〇五号室にいって、確認してくれるだろう。すでに、死んでいるか、あるいは、まだ、生きているかをね。これで、すべて、説明がつくんじゃないのかね?」

「本部長のいわれることが、正しいとしてですが」

亀井が、いいかけると、三上は、それを途中で制して、

「正しいとして、という言い方は、おかしいね。正しいんだよ」

「では、正しいとして話を進めますが、問題は、誰が、何のために、三村正樹を毒殺したかということです。考えられる犯人像は、三つあると、私は思います。第一は、同じ甲州商事のなかのライバルです。第二は、ライバル会社、越後実業の人間が、犯人だというケースです。第三は、もっと、個人的な動機で、例えば、三村正樹に、恨みを持っている女性とか、あるいは、自分の彼女を、三村正樹に取られた男とか私怨のある者が、三村正樹に、青酸カリ入りのシャンパンを

贈った。この三つが考えられるのですが、本部長は、どう思われますか？」

三上本部長は、にっこりして、

「私も、君の考えに、賛成だよ。容疑者像は、三とおり考えられる。だが、私が、一番可能性があると考えているのは、私的な動機で、三村正樹が、毒殺されたという線だ」

「どうして、本部長は、そのように、考えたんですか？」

西本刑事が、きいた。

「いいかね。今、三村正樹の勤めていた甲州商事と越後実業の間には、やたらと、武田信玄だとか、上杉謙信だとか、川中島だとか、永遠のライバルだとか、そんな言葉が、飛び交っている。だから、ライバルの越後実業の人間が、三村正樹を殺そうと思っていても、今殺すのはまずい、と逆に、思うだろう。同じ会社内のライバル社員の場合も、同じだよ。三村正樹は、関口社長に愛されている、と思われている。今、その三村正樹を殺せば、彼と社長との関係に嫉妬した社員の犯行だ、と思われてしまう。だから、この場合でも、犯行を自重するのではないのかね？　今の雰囲気のなかで自重しないですむのは、まったく私的な理由で、三村正樹を殺そうと思っている人間だよ。今殺せば、警察は、ライバル会社の人間か、あるいは、同じ会社の同僚に疑いの目を向けて、私的な愛憎が動機だとは、まず考えないだろう、というのが犯人の狙いで、犯人は、私的な理由で三村正樹に殺意を持っていた人間だよ」

と、三上が、いった。

「なるほど。納得できます」

西本刑事が、うなずく。

三上は、一層、ご機嫌になって、

「これで、これからの捜査方針が決まった、ということでいいな？　容疑者は、個人的に、三村正樹を恨んでいた、あるいは、憎んでいた人間だ。動機は、プライベート、つまり、愛と憎しみだ。したがって、三村正樹の周辺を、徹底的に調べていけば、容疑者の男か女かが、すぐに、浮かんでくるはずだ」

そういって、三上は、十津川に目をやった。

「あとは、君の指揮次第だよ。君が、どうやって刑事たちに、容疑者をあぶり出させるか、私から見れば、そんなに、時間はかからないと思うがね」

2

これで、捜査方針が、決まった。

十津川も、別に、反対はしなかった。三上本部長の考えにも、一理ある、と思ったからである。

確かに、今、越後実業と、甲州商事の間では、猛烈なライバル合戦が、おこなわれている。八月になったら、本気で両社を挙げて、現代の川中島合戦をおこなうのだという。

武田信玄と、同性愛の関係にあったといわれる、高坂昌信。その武将に、立場や、美男子であるところが、似ているといわれる三村秘書課長。その秘書課長が死ねば、越後実業と甲州商事の関係は、ますます微妙なものになってくるだろう。

こんな時に、ライバル会社や、あるいは、同じ甲州商事の社員のなかに、犯人がいるとしたら、たちまち、警察が見つけ出してしまうだろう。

逆に考えれば、三村正樹に対して、個人的な恨みを持つ犯人は、安心して、三村正樹を殺すことができる。それも、甲州商事や越後実業、さらに、両社の社長、あるいは社員が何らかの形で絡んでいるように見せかけられれば最高だ。

そう考えて、犯人は、安心して、三村正樹を、毒殺したのではないか。

こう考える、三上本部長の推理にも、一理あるのである。

だから、十津川は、捜査会議の席で、熱弁をふるう三上本部長の意見に対して、しいて、反対はしなかった。

被害者、三村正樹の周辺を、調べていくと、簡単に彼の恋人が浮かんできた。

彼女の名前は、新田美由紀《にったみゆき》、二十六歳、甲州商事の社員である。彼女の顔写真も、容易に手に入ったので、それを、捜査本部の壁に、被害者、三村正樹の顔写真と並べて、貼り出すことになった。

新田美由紀は、美人で、いってみれば、美男子の三村とは、似合いのカップルといったところである。

彼女が、犯人だとすれば、動機は、何なのか？

新田美由紀は、甲州商事の広報課に、勤務している。住所は、成城学園《せいじょうがくえん》のMマンション五〇五号室。

十津川と亀井は、すぐには、新田美由紀本人に会わず、彼女と一緒に甲州商事に入社し、同じ広報課に勤務している杉山春香《すぎやまはるか》という社員に会って、話をきくことにした。

甲州商事の、一階にある応接室で、十津川と亀井は、杉山春香に面会した。

杉山春香は、二人の刑事を見ると、

「私に用って、新田美由紀さんのことでしょう？」

と、先回りした。

十津川は、苦笑して、

「わかりますか？」

「私が、刑事さんに話をきかれることといったら、ほかには、考えられませんものね。刑事さんは、新田美由紀さんと、先日亡くなった、三村正樹さんの関係が、しりたいんでしょう？」

「新田美由紀さんは、亡くなった、三村正樹さんとは、恋人関係だったという噂を、きいたんですが、本当ですか？」

十津川が、きいた。

「ええ、本当です。どちらかというと、彼女のほうが、熱をあげていたんじゃないかしら？　何しろ、三村正樹さんは、独身で、美男子で、それに、甲州商事では、出世コースに乗っていたから、若い女性社員だったら誰だって、彼氏にしたいと、思うんじゃないかしら？」

「そんなに、女性にもてたのなら、三村正樹さんには、新田美由紀さん以外にも、関係のあった女性がいた、ということですか？」

「三村さん本人は、美由紀だけだといってたけど、私は、いたと思っているの」

「じゃあ、新田美由紀さんも心配だったでしょうね？」

「ええ、たぶん。でも、そういう、もてる男性を好きになって、恋人にしたんだから、彼女だって、仕方がないと思っていたんじゃないかしら？　それに、彼女、自信家で、プライドが高いから、心配をしていたとしても、絶対に、口にしたことはないと思いますよ」

「実際には、どうだったんですかね？　新田美由紀さんが、やきもちを焼くことも、あったんじゃありませんか？」

亀井が、きくと、杉山春香は、笑って、

「だから、彼女が、嫉妬から三村正樹さんを毒殺したんじゃないかと、刑事さんは、考えているわけ？」

「そうなんですか？」

逆に、十津川が、きいた。

「そんなこと、私は考えてもいませんけどね」

「あなたは、新田美由紀さんと、同じ大学を出て、同期で、この甲州商事に入社したんでしたよね？　だから、新田美由紀さんのことなんかは、よくご存じだと思うんですが、彼女は、どういう性格の女性なんですか？」

「そうですねえ」

と、杉山春香は、少し考えてから、

「彼女は、美人だし、頭も切れるから、学生時代から、自信家でもてましたよ。その頃は、ボーイフレンドが、何人もいました。だから、今も、やきもちなんか焼かない、とも考えられるし、逆に、大学時代にあれだけもてて、やきもちなんか、焼いたことがなかった彼女が、今、好きになった三村正樹さんに、ほかにも女がいるのをしって、生まれて初めて、やきもちを焼いたということも考えられますね」

「最近は、どうだったんですかね？　新田美由紀さんと、三村正樹さんとは、うまくいっていたんでしょうか？　それとも、うまくいっていなかったんでしょうか？」

「うまくいっていたと思うけど、本当のところは、わかりませんわ。それに、今、会社のなかは、八月からの、越後実業との川中島合戦のことで、みんな、ぴりぴりしているんです。三村さんは、武田の家臣でいえば、高坂昌信と似ている、といわれたりして、そっちのほうで、噂になっていたから、新田美由紀さんとの関係は、あまり、話題にならなかったんです。警察は、新田美由紀さんが犯人だと、みていらっしゃるんですか？」

「いや、そんなふうには、考えていませんよ。ただ、いろいろな可能性を考えて、こうして、あなたから話をきいているわけです」

このあと、十津川と亀井は、新田美由紀本人に、会った。

3

十津川は、甲州商事が入っている、超高層ビルの三十階にあるコーヒーショップに、新田美由紀を誘い出して、そこで、コーヒーを飲みながら、話をきくことにした。

「われわれが、あなたに会いにきた、その理由は、もう、おわかりですよね？」

「ええ、もちろん、大体のところは、わかりますわ」

新田美由紀が、微笑した。

「あなたは、亡くなった、三村正樹さんの、恋人だといわれているようですが、本当ですか？」

十津川が、単刀直入にきくと、

「どうお答えしたらいいんでしょうか。決して、三村さんのことは、嫌いじゃありませんでしたけど」

と、新田美由紀がいう。

「三村さんの青山のマンションには、いかれたことが、ありますか？」

「ええ、二回でしたかしら、遊びにいったことが、ありますよ。でも、あのマンションに、泊まったことはありません。そういう関係じゃありませんでした」

「三村さんのマンションに、いった時ですが、一緒に、シャンパンを飲んだことは、ありますか？」

「ええ、彼が、いいシャンパンがあるんだよといって、勧めてくれましたから。でも、飲みすぎて、酔っぱらったりは、しませんでしたわ」

「三村さんは、自殺では、ありません。誰かに殺されたんです。それで、おききするのですが、新田さんに、何か、心当たりはありませんか？」

「心当たりというと、どんなことでしょうか？」

「三村さんから、誰かに命を狙われているとか、危険な目に遭ったとか、そういう話を、直接でなくても、いいんですが、おききになったことは、ありませんか？」

「ありませんわ」

「ないんですね？」

「本当に残念ですけど、まったく、ありませんわ」

新田美由紀が、そう答えた時、十津川の携帯電話が、鳴った。

「ちょっと、失礼します」

十津川は、そういうと、店の外に出て、携帯電話を耳に当てた。

「西本です」

と、西本刑事の声がした。

「自由《じゆう》が丘《おか》に、越後実業の小山田社長が、個人で作った記念館が、あるんです。上杉謙信記念館と呼ばれていて、謙信関係の文書や刀や鎧などが、展示してあるんですが、その記念館で、殺人事件が、発生したので、すぐ、こちらに、きていただけませんか？」

「記念館のなかでの殺人というと、衆人環視のなかでの殺人か？」

「いえ、違います。今日は、記念館が休みでした」

「そこで、誰が、殺されたんだ？」

「直江兼続です」

西本が、緊張した声で、いう。

「直江兼続？　馬鹿なことをいうな。直江兼続は、戦国時代の武将の名前だぞ」

「そうでした。間違えました。正しくは、直江兼続によく似た、越後実業の後藤伸幸という社員が、殺されたんです」

「わかった。これからすぐ、亀井刑事とそちらに回る」

と、十津川は、いった。

4

二人は、パトカーで、自由が丘に向かった。自由が丘駅から、車で五、六分のところに、それほど、大きくはないが、真新しい感じの上杉謙信記念館があった。

入口のところには〈本日休館〉の札がかかっている。入口付近には、二台のパトカーと、鑑識の車が、駐まっていた。

玄関の扉を開けて、館内に入っていくと、西本刑事が、緊張した顔で、十津川と亀井の二人を、迎えた。

建物は二階建てで、一階には、もちろん、複製だろうが、例の、川中島合戦の屛風が、飾ってある。

「二階です」

と、西本が、いった。

二階にあがっていくと、そこには、上杉謙信や上杉軍の武将たちが愛用した鎧や兜や刀、巨大な毘沙門天の立像などが、飾ってある。

西本刑事が、十津川たちを案内したのは、二階の、一番奥だった。

そこには、鎧や刀や兜が、壁に立てかけるような形で、置かれている。

「仏さんは、どこなんだ？」

十津川が、きくと、

「あの鎧のなかに入っています」

と、西本が、いった。

「あれは、直江兼続の鎧兜じゃありませんか？」

そばにいた亀井が、いった。

なるほど、その兜には〈愛〉という字の飾りがついていた。それは、直江兼続の鎧だという証《あかし》だった。もちろん、複製だろう。

「あの鎧のなかに、仏さんが入っているのか？」

「そうです。殺されたのは、越後実業の広報課長の後藤伸幸です」

西本と日下の二人の刑事が、問題の〈愛〉の飾りの兜を外すと、そこに、若い男の顔が現れた。

ほかの刑事たちも、鎧を、脱がせていく。そして、なかに入っていた男の全身が、露わになった。

男は、ワイシャツに、ネクタイを締め、ズボンに靴下という格好である。白いワイシャツの胸のあたりが、血で赤く、染まっていた。その血は、すでに、乾いている。

「これが、後藤伸幸という広報課長か？」

「そうです。直江兼続に似ているといわれている男で、三十歳、独身です」

「それで、誰から一一〇番があったんだ？」

と、十津川が、きいた。

「この記念館は、越後実業の小山田社長が、個人的に作ったもので、一色健《いっしきたけし》という人が、館長を務めています。その人も、越後実業の社員ですが、その一色さんが一一〇番してきましてね。上杉謙信記念館の二階で、人が殺されているというので、われわれがここにきて、現場を確認してから、警部に、電話をしたんです」

と、西本が、いった。

十津川は、その一色館長に会い、話をきいた。

「今日は、休館日なので、私は家で、のんびりしていたんです。昼すぎになって、小山田社長から、電話がありましてね。今、女性の声で、社長室に電話が入った。自由が丘にある、上杉謙信記念館で、人が殺されている。すぐに、見にいきなさいといっている。おそらく、悪戯だろうが、気になるので、見にいってくれ。小山田社長は、そういうんですよ。それで、慌ててきてみたら、昨日帰るとき、ちゃんと閉めたはずなのに、正面玄関の鍵が、外れていました。慌ててなかに入って、館内を調べてみたら、二階に展示してある、直江兼続の鎧兜のなかに人が入っていて、すでに、死んでいたんです」

一色館長が、いった。

「昨日、帰る時に、鍵をかけたのは、確かですね？　間違いありませんね？」

「ええ、間違いありません。いつも帰る時には、ちゃんと、鍵をかけていますから、昨日に限って、閉め忘れるなんてことは、絶対にありません」

「しかし、今日、小山田社長の電話で、ここにきてみたら、鍵が外れていた。そういうことですね？」

「ええ、そうです」

「鍵は、いくつあるのですか？」

「鍵は全部で、三つあって、一つは社長、一つは私が持っています。そして、もう一つ、予備の鍵がここにあります」

「あなたの鍵と、予備の鍵は、間違いなく、ここにあるんですね？」

「ええ、ありますよ」

「館内を調べてみたら、二階で直江兼続の鎧兜を着た人が死んでいた、というのはわかりました。そのほかに、何か、盗られたものとか、傷つけられたものとかは、ありませんでしたか？」

「ほかもよく調べてみたのですが、特に、変わったところや、異常の見えるところはありませんでした」

と、一色館長は、いった。

「このことは、会社には、しらせてあるんですね?」

「ええ、もちろん、しらせました」

「それで、会社から、誰かくることになっているんですか?」

「新井《あらい》人事課長が、間もなく、こちらにくることになっています」
五、六分して、その新井人事課長が、到着した。
新井人事課長は、二階にあがり、殺された男が、後藤伸幸、三十歳で、越後実業の広報課長であることを確認した。

その後、新井に、十津川が、質問をぶつけた。

「記念館は、今日は休みですが、会社は、もちろん、休みではありませんね? 後藤伸幸さんは、今日は会社にはきていなかったのですか?」

十津川が、きくと、新井は、

「一色館長から電話が入ったので、広報課にいって調べたところ、今日、後藤伸幸課長からは、病欠の届けが、出ていました。何でも、昨日から風邪気味で、今朝起きたら、三十九度近い熱が出て、ふらふらするので、今日は、会社を休みたい。そういう電話が、入っていたそうです」

「そうですか。殺された後藤伸幸さんは、今日は、病欠になっていたんですか」

「会社が始まってすぐ、九時二十分頃に、電話が入ったそうです」

「それは、後藤伸幸さん本人からの電話に、間違いないですか？」

「ええ、間違いなく彼の声だったと、電話を受けた広報課の人間が、いっています」

「後藤伸幸さんは、三十歳という若い課長さんですね？」

「ええ、そうです。大学を卒業してから越後実業に入社して、今年で八年目です」

「どんな社員ですか？」

「後藤広報課長は、仕事熱心で、さわやかな印象を与える人だそうです。それだけに、女子社員にもてているともいわれていましたね」

「現在、越後実業の社内の廊下には、上杉謙信の十五人の武将の名前を挙げて、その誰に、自分が似ていると思うかを書きこむ、リストのようなものが、貼り出してありますね。そのなかで、直江兼続のところに、後藤伸幸さんの名前がありましたが、このことは、社内でも、話題になっているんですか？」

十津川が、きくと、新井人事課長は、うなずいて、

「ええ、大きな話題になっていますよ。何しろ、今年は、ライバル会社の、甲州商事と川中島合戦をすることになっていますからね。誰よりも、うちの社長が、乗り気だから、社員たちも全員、張り切っていますよ」

「十五人の武将の名前が、あったんですが、直江兼続以外の十四人の武将については、その下に二人以上の社員の名前が、書いてありました。しかし、直江兼続のところには、後藤伸幸さんの名前しか、書いてありませんでした。つまり、直江兼続に、ふさわしいのは、後藤伸幸さんしかいないという、いってみれば、暗黙の了解のようなものが、越後実業の社内には、あったんじゃありませんか？」

「そうかもしれませんが、私には、よくわかりませんね」

新井人事課長が曖昧ないい方をした。

「もっと、はっきりした説明をしてもらえませんか。こんなふうでは、小山田社長に、直接きくより仕方がありませんね」

十津川が、わざと、溜息をついてみせると、新井人事課長の口が、急に、滑らかになった。

「以前、うちの会社では、広報課長というのは、閑職だったんです。最近になって、社長が、現在の社にとって、広報・宣伝は、重要事項だといって、それまでの管理局広報課を、社長直属にしたんです。それが、二年前で、その時、まだ二十八歳だった後藤伸幸が、課長に抜擢されたんです」

「後藤さんが、直江兼続といわれる理由は、何ですか？」

「去年の忘年会の時だったと思うんです。うちの社長は、毎年、忘年会の時、この一年間会社の発展に貢献してくれたといって、何人かに、特別ボーナスを出すんですよ。その時、後藤広報課長に向けて、社長が『若いのに、よくやってくれた。君は、わが社の直江兼続だ』といったんですよ。それから、彼は、直江兼続といわれるようになったと思いますね」

「誰も、異議は唱えなかったんですか？」

「直江兼続という武将は、美男子で、昔の『名将言行録』にも『長高く、姿容美しく、言語清朗なり』とあったといわれます。後藤課長も若く、背が高く、さわやかな美男子ですからね。誰も文句はいいませんでしたね」

「それは、後藤さんが、小山田社長に可愛がられていたということも、あったんじゃありませんか？　確か、私が読んだ本には、直江兼続は、少年時代に、上杉謙信に引き取られた。上杉謙信は、直江兼続の聡明さを愛し、手元に置いて、さまざまに教え導いた。つまり、可愛がったということですよね。越後実業の小山田社長は、上杉謙信の崇拝者で、上杉謙信と直江兼続が、小山田社長と後藤広報課長に、だぶるから、それで、ほかの社員は、文句をいえなかったんじゃありませんか？」

「そういうことも、あるかもしれませんが……」

新井人事課長の口調が、また、曖昧になった。

「その後藤さんが殺されたのは、越後実業にとって、痛手でしょうが、それ以上に、小山田社長にとって、痛手なんじゃありませんか？」

「社長のお気持ちは、私には、わかりません」

新井人事課長は、一層、曖昧な口調になった。

5

殺された後藤伸幸は、白いワイシャツにネクタイを締め、靴と上着は、つけていなかったが、その二つは、上杉謙信記念館の物置のなかから見つかった。

おそらく、犯人が、鎧兜をつけさせるのに、その二つが、邪魔になったので、脱がせて、物置に、ほうりこんだのだろう。

ともかく、後藤は、きちんと、ネクタイを締め、背広を着て、上杉謙信記念館にやってきて、何者かに、殺されたのだ。

死体は、司法解剖のために、大学病院に、運ばれていった。

上杉謙信記念館は、一階が、喫茶コーナーになっている。十津川は亀井と二人、喫茶コーナーにおりてきて、それぞれの感じたことを、話し合った。

「正直にいって、最初に頭に浮かんだのは、今度は、上杉謙信かということでした」

と、亀井が、いった。

「私も、カメさんと同じだよ。前には、高坂昌信こと、三村正樹が殺されて、今度は、直江兼続こと、後藤伸幸が殺されたからだろうね」

「殺された形もよく似ています。三村正樹の時は、純白の、バスローブを身に着け、薄化粧までして、まるで、戦国時代の武将が、戦いに臨むような形で、殺されていました。一方の後藤伸幸も、きちんと背広と白いワイシャツを着て、ネクタイを締めて、殺されたようです」

「そうなんだ。後藤伸幸は、少なくとも、ふらりと記念館にやってきた、という感じはしないね。梅雨のこの時期、今日は、雨こそ降っていないが、じめじめしている。ふらりと、記念館に遊びにやってきたんなら、下はスラックスにスニーカー、上はポロシャツにジャンパーという感じの服装が、普通なのに、カメさんがいうように、きちんと背広を着て、ネクタイを、締めていた。だから、この記念館に、遊びにきたわけじゃないんだ」

「今日が、休館日だということは、しっていたでしょうね？」

「もちろん、越後実業の社員なんだから、しっていたはずだ」

「となると、誰かに、呼び出されたということになってきますね。それも、かなり上の人間に、呼び出されたのではないでしょうか？　同格の者に、記念館の休館日に呼ばれたのなら、断ったと思います」

「上の者といって、まず思い浮かぶのは、社長の小山田だが、社長が呼び出したということは、ちょっと、考えにくいな」

「どうしてですか？　小山田社長に呼ばれたのならば、喜んで、いくんじゃないですか？」

「社長の小山田が、休館中の記念館に、わざわざ後藤を呼び出して、殺すだろうか？　この記念館は、小山田社長個人が、金を出して運営しているんだ。そんなところで、社員の後藤を殺せば、最初に、自分が疑われる。小山田社長ともあろう人が、そんな馬鹿なことは、しないと思うね」

「となると、警部は、誰が犯人だと、考えておられるんですか？」

「正直なところ、わからないんだ。一番怪しいのは、記念館の館長をやっている一色健だ。今日が休館日だとしても、君のために、記念館を開けて待っている、と館長からいわれれば、後藤は、いくだろう」

「しかし、一色館長には、後藤を殺すだけの動機が、ないんじゃありませんか？あの館長は、社員待遇ですが、会社には、まったく出ていませんよ。こちらに、館長として、常に勤務していますからね。したがって、社内のライバルには、ならないんじゃありませんか？　後藤伸幸を、わざわざ記念館に呼び出して、殺すだけの、動機もないわけです」

「そう考えると、容疑者が浮かんでこないことになるね」

当惑した顔で、十津川が、いった。

「そうですね」

亀井が、うなずく。

「その点も、三村正樹の事件と、よく似ているな」

と、十津川が、いった。

6

二人の男が、続けて、殺された。甲州商事の秘書課長、三村正樹、三十歳。もうひとりは、越後実業の広報課長、後藤伸幸、三十歳である。

被害者は二人とも、世間の人は、誰もしらない、平凡なサラリーマンである。しかし、三村正樹の名前に、高坂昌信と武田信玄を、後藤伸幸の名前に、直江兼続と上杉謙信を繋げると、二人は俄然《がぜん》、重要人物になってくる。

十津川は、部下の刑事たちと、後藤伸幸が住んでいた原宿《はらじゅく》のマンションを、調べることにした。

家賃は、月額三十万。2LDKの部屋であるが、まだ新しく、一介の広報課長に払える金額ではない。

「たぶん、小山田社長が、特別に、家賃を払っていたんだと思いますね」

と、亀井が、いった。

「そうだろうね」

「それだけ、社長が、後藤伸幸を可愛がっていたということじゃありませんか？」

「それを、ねたまれて、殺されたか？」

しかし、部屋を、いくら調べても、後藤伸幸を、脅迫するような手紙は、見つからなかったし、パソコンへのメールもなかった。

その代わりにあったのは、上杉謙信、直江兼続、あるいは、前田慶次について書かれた本だった。

十津川は、それを、捜査本部に、持ち帰ることにした。

全部で、七冊である。

上杉謙信の全て
武田家臣団
上杉謙信と武田信玄
上杉景勝《かげかつ》と直江兼続
信長・秀吉・家康と直江兼続
景勝・兼続・前田慶次

花の前田慶次

これが、その七冊のタイトルである。

「小山田社長に、お前こそ、わが社の直江兼続といわれたんで、後藤も、少しでも、直江兼続に近づこうと、勉強したんじゃありませんか」

と、亀井が、いった。

確かに、そんな感じもする。

十津川は、一冊ずつ、目を通していった。全部を読み終わったあと、十津川は、さらにもう一度、読み直した。

そのうちに、十津川は、少しずつ、ある疑問に、とらわれて、いった。

上杉謙信——直江兼続

小山田社長——後藤伸幸

この図式が、ずっと、十津川の頭のなかを支配していた。そこには「男色」という文字が、見え隠れしている。

だが、この七冊の本を読んでいくうちに、少しずつ印象は、違ってきたのだ。

7

直江兼続は、永禄三年（一五六〇）樋口惣右衛門兼豊《ひぐちそうえもんかねとよ》の長男として生まれた。

ちなみに、上杉謙信が、四十九歳で亡くなったのは、天正六年（一五七八）である。直江兼続十九歳の時に当たる。

上杉謙信は、終生、妻も、側室も持たなかったので後継者は、二人とも、養子だった。

上杉景勝と、景虎《かげとら》である。

ほかに、上条政繁《じょうじょうまさしげ》という三人目の養子がいたが、上杉謙信の後継を争ったのは、景勝、景虎の二人だった。

二人は、義兄弟である。

直江兼続は、幼なじみの景勝につき、五歳年上の景勝が、上杉謙信の後継者になることに、尽力した。この関係は、終生変わらなかった。

景勝という人は、寡黙で、生涯に一度しか笑わなかったといわれる。一見、近寄りがたい印象を与えるが、人情に厚く、家臣の意見も、よく聴いたといわれ、直江兼続も、そんな景勝に惚れたのだろう。

しかし、謙信の死後、上杉家は、家臣たちが、景勝方、景虎方にわかれて争った。

上杉謙信が倒れると、直江兼続は、すぐさま、臨終の時、謙信が「後継は、景勝でいい」と、呟いたという噂を流し、その一方、自分の部下で、謙信の居城、春日山城《かすがやまじよう》を取り囲み、謙信の葬儀一切を、景勝に、取りしきらせた。葬儀がすむと、今度は、本丸に蓄えてあった軍資金三万両を、おさえた。

それをしった景虎が、手勢を率いて、春日山城に押しかけてきて、景勝との間で、戦いが始まる。

直江兼続に、春日山城に入ることを拒否された景虎は、義理の祖父、上杉憲政《のりまさ》の館に立て籠もり、景勝と、対峙した。このため、この世継争いは「御館《おたて》の乱《らん》」と、呼ばれるようになる。景勝と景虎の争いは、上杉家を二分する争いになった。

景虎は、信玄の息子、勝頼と手を結んだ。武田勝頼は、長篠《ながしの》の戦いで、織田、徳川軍に敗れたとはいえ、依然として、甲斐、信濃を領有していた。景虎と手を結んだ勝頼は、軍を、越後に向けた。

景勝、兼続にとって、危機である。兼続は、素早く、手を打った。

その第一は、勝頼に対し、和睦を申し入れ、その代償として、一万両を贈ることだった。織田、徳川軍に敗れて、軍資金の不足に悩んでいた勝頼は、この和睦に応じ、信越《しんえつ》国境に進めていた軍勢を、引き揚げさせた。

次の手は、勝頼の妹、菊姫《きくひめ》と、景勝の婚約だった。これは、政略結婚と呼ぶべきものだったが、これによって、景勝と勝頼は義理の兄弟になり、形勢が、逆転した。

兼続は、この機を逃がさず、大軍を指揮して、景虎が立て籠もる御館を攻撃した。御館は、あえなく落城、景虎は、逃亡したが、その後、家臣の裏切りにあい、二十六歳の若さで、自殺した。

これによって、義兄弟の争いは、景勝の勝利で終わり、彼が、上杉の「御屋形様」と、呼ばれ、この乱に功績のあった兼続は、親しみをこめて「旦那様」と呼ばれるようになった。

景虎側が、敗れたのは、兼続のような参謀がいなかったためといわれるが、この時、兼続は、まだ、二十歳になるかならずやであった。

8

景勝と、兼続は、こうして、上杉家内部の覇権を確立したが、領土の外では、波乱が、起きていた。

謙信が生存中は、その武勇を恐れて、狩野永徳《えいとく》の「洛中洛外図屏風」を贈ったりして機嫌をとっていた織田信長が、手の平を返すように、大軍を、越後に向けてきたのである。

信長は、武田勝頼を攻め滅ぼすと、その余勢をかって、侵攻してきた。

先陣は、柴田勝家《しばたかついえ》、佐々成政《さっさなりまさ》、滝川一益《たきがわかずます》だった。

景勝と兼続も、居城の春日山城を出発し、織田軍と対峙したが、その時、上杉の重臣新発田重家《しげいえ》が、織田に内通し、謀叛を起こしたために、上杉は、劣勢に陥った。その上、春日山城の、目と鼻の先の魚津《うおづ》城が、織田軍に、包囲されてしまった。

景勝は、死守を命じたが、魚津城は落ち、兼続も、敗北を覚悟したが、その時、奇蹟が起きた。

京都本能寺《きょうとほんのうじ》で、謀叛を起こした明智光秀《あけちみつひで》によって、信長が殺されてしまったのである。

光秀を討つために、柴田勝家は、軍勢を急遽、引き揚げた。上杉は、九死に一生を得たのである。

柴田勝家は、軍勢を京へ急行させようとしたが、撤退に時間がかかり、その間に、光秀は中国《ちゅうごく》から引き返した秀吉によって、討ち滅ぼされてしまった。

そうなると、次は、秀吉と勝家の争いになった。秀吉は、上杉景勝のもとに、石田三成《いしだみつなり》を使いとして送り、和議を申し入れ、勝家を背後から牽制《けんせい》するように、頼んだ。

景勝が、それに応じたため、秀吉は、安心して、柴田勝家と戦い、攻め滅ぼした。

兼続の、そのあとの苦悩は、天下人になった秀吉と、どう向かい合うかだった。

もちろん、戦って勝てる相手ではない。ここは、膝を屈するよりほかはないと考えた兼続は、石田三成に、仲介の労をとってもらい、主君景勝を説得して、秀吉に対面させた。対等ではなく、簡単にいえば、秀吉の臣下になったということである。

この時から、兼続は、同年齢の石田三成と親しくなり、以後、お互いを認め合い、友情を深めていくが、のちに、このことが、上杉家に災厄をもたらすことになる。

景勝は、兼続を連れて、何度となく、秀吉に拝謁している。その度に、秀吉は、景勝と兼続を、厚くもてなしている。しかし、兼続は、そうした秀吉の厚遇の裏にあるものを見据えていた。

秀吉は、景勝と兼続に、破格の厚遇を与える一方で、朝鮮《ちようせん》出兵を命じたり、伏見《ふしみ》城の改修を命じたりしているのである。後者の場合、多額の出費となり、上杉の財政は、逼迫《ひっぱく》した。

さらに、秀吉は、突然、景勝に、会津《あいづ》への国替えを命じた。越後九十万石から、会津百二十万石への国替えだから、一見、加増に見えるが、実質は、減封だった。越後は、北前船《きたまえぶね》による交易で、実質二百万石といわれていたからである。

秀吉が、なぜ、突然、上杉に国替えを命じたのかについては、さまざまな憶測が、いわれている。巨大になった徳川、伊達への牽制だという説もあり、佐渡《さど》金山を、越後上杉から奪うためだったという説もある。

やはり、秀吉は、景勝と兼続の才気を愛していたが、二人の作る上杉家が、あまりにも強大になって、それが、脅威になることを許さなかったのだろう。

慶長三年（一五九八）、その秀吉が、亡くなった。

秀吉の亡きあと、天下を狙うのは、徳川家康だった。

兼続は、今度は、家康への対応に、心を砕くことになるのだが、その第一歩で、つまずいてしまった。

それは、石田三成への友情のためだった。

9

石田三成は、西軍を率い、家康の東軍と、関ヶ原《せきはら》で戦うことになった。

三成は、優秀な事務官僚だが、戦争《いくさ》の経験は乏しい。多くの大名が、そのことを考えて、三成の誘いにのらず、東軍の家康方についた。

剛勇で、才気に恵まれた兼続も、冷静に考えれば、家康の東軍が勝つと判断したはずである。だが、兼続は、石田三成の西軍についた。三成への友情のためだった。それは、兼続の尊敬する謙信が、義のために戦ったのと、似ていた。

しかし、関ヶ原の戦いはたった一日で、結着がつき、西軍は、敗北し、三成は、斬首された。

そのあと、上杉に残された選択は、家康に降伏するか、戦って玉砕するか、の二つに一つしかなかった。

結局、家康に降伏し、会津百二十万石から米沢《よねざわ》三十万石に、減らされた。

この時、兼続にできたことは、家臣の数をなるべく、減らさないことだった。といっても、百二十万石から三十万石に、減らされたのである。

兼続は、家臣を、ほとんど減らさなかったが、当然、ひとりひとりの禄は減る。家屋敷も足らなくなる。

特に下級武士のなかには、郊外の荒れ地で、文字どおり、掘立小屋に住むことになった者もいた。当時の米沢は、家の数が、せいぜい二千戸以下で、そこに、兼続は、会津から、三万人も、移住させたからである。

時代は、すでに、豊臣家が衰え、家康の天下になり、戦争もなくなっていた。武功を立てて、会津百二十万石に戻る可能性は、消えていたのである。

そうなると、兼続は、三十万石の土地を開拓して、何とか、経済の基盤を、築かなければならない。

兼続が、主君の景勝を助けて、第一に計画したのは、水の供給だった。突然、米沢に、三万人もが移住したので、生活用水が、不足したのである。

兼続が、計画したのは、松川《まつかわ》から取水し、城の周辺に、水路をめぐらすことだった。これは、城の回りの堀になり、家臣たちの生活用水にもなった。

次に、城下に、生活、商業両用の水路を作ることだった。藩内を流れる松川は、氾濫しやすく、大雨の度に、住民を苦しめていた。兼続は下流に、大規模な石積みの堤防を築き、氾濫を防いだ。この堤防は「直江石堤」と呼ばれたと、いわれる。

兼続は、治水と並んで、新田開発、特産品の開発にも、力を入れた。自ら、農業の指導に当たり「四季農戒書《しきのうかいしょ》」という手引書も書いている。

そのほか、城下に、鍛冶《かじ》町、番匠《ばんじょう》町、鉄砲屋《てっぽうや》町などの職人町も作った。

移住して、九年目になって、ようやく、家臣全員に、きちんとした家屋敷が、与えられた。

これだけ、米沢という城下町の整備が、遅れたのは、徳川幕府が、大名の力を削ぐために、絶えず、江戸城の普請などを命じて、莫大な出費を強いていたからである。

米沢に移住してからも、徳川幕府から、江戸城の桜田門《さくらだもん》の普請を命ぜられ、兼続が、総奉行になっている。

兼続が、十九歳の時、上杉謙信が亡くなっている。

以後、兼続は、五歳年上の景勝のために、力を尽くした。景勝を、上杉家の頭領に押しあげ、以後、景勝のため、上杉家のため、兼続は、織田信長と戦い、秀吉と交渉し、徳川幕府と相対した。関ヶ原で、西軍に組しながら、何とか、上杉家が、生き続けられたのは、兼続の政治力のためだといわれている。

米沢三十万石が、ともかく、確立したあと、兼続は、ほっとしたのか、病を得て、六十歳で亡くなっている。

兼続が、文武に秀れ、いかに、人間的魅力にあふれていたかは、さまざまなエピソードが伝えている。

春雁《しゅんがん》吾《われ》に似て吾雁《かり》に似たり
洛陽《らくよう》城《じょう》裏《り》花《はな》に背いて帰る

これは、兼続が詠んだ詩である。漢詩にも、造詣が深かったのである。

同時代に生きた朱子学者の藤原惺窩《ふじわらせいか》は、
「近世、文を戦陣の間に好める者は、小早川隆景《こばやかわたかかげ》、高坂昌信、直江兼続、赤松広通《あかまつひろみち》、上杉謙信あるのみ」と、書いている。この五人のなかに、高坂昌信の名前があるのは、興味深い。

また、兼続には、こんなエピソードも伝えられている。

江戸城内で、伊達政宗とすれ違ったとき、兼続は、挨拶しなかったことを咎められた。政宗は、六十万石の大名、兼続のほうは、上杉家の家臣にすぎない。それでも、こういい返したという。

「戦場では、何度もお目にかかったが、いつもうしろ姿ばかり（逃げてばかり）なので正面のお顔に気がつかなかった」

こんなところが、兼続の人間的な魅力なのだろう。傾奇者《かぶき》として有名な前田慶次は、兼続に心酔し、上杉家に仕官、米沢までついてきて、ここで亡くなっている。

秀吉も、兼続のさわやかさと、人間的魅力に「上杉に与えた会津百二十万石のうち、三十万石は兼続に与えたものだ」といったと伝えられている。

だが、兼続は、最後まで、景勝に、真心をもって仕え、その態度が変わることはなかった、といわれる。

10

こう見てくると、十津川の頭のなかにあった、次の図式が、怪しくなってくる。

上杉謙信——直江兼続
小山田社長——後藤伸幸

の図式である。

兼続は、少年時代、謙信に可愛がられたかもしれないが、兼続の生涯は、謙信の跡を継いだ景勝に、捧げられているのである。

兼続と景勝の間に、男色の匂いはない。あくまでも、主君と家臣の関係である。

景勝は、妻を迎え、側室との間に、跡継ぎの定勝《さだかつ》を得ている。兼続も、米沢に、妻と並ぶ墓石がある。
（少し、考えを変えないと、事件の真相を見誤るかもしれないな）
と、十津川は、思った。

第五章　後継者

1

十津川は、事件の見方を、変えざるを得なくなった。

今までは、ある図式を頭に入れて、事件の捜査に当たっていた。その図式は、次の二つである。

一つは、越後実業の小山田社長と、そこから線を引いたところに、上杉謙信がいる。

もう一つ、甲州商事の関口社長のところから線が引かれて、そこには、武田信玄がいる。

最初の図式は、さらに延びて、上杉謙信、小山田社長から直江兼続に繋がっていく。

二つ目の図式も延びて、武田信玄、関口社長の先に高坂昌信がいる。

さらに、延びて、繋がるのは、高坂昌信と三村正樹。もう一つは、直江兼続と後藤伸幸である。

この三次方程式のような図式の根本には、上杉謙信や武田信玄が生きていた戦国時代、その頃、この二人の大名に限らなかった男色の問題がある。

武田信玄が、家臣の高坂昌信を愛していて、問題を起こしたことは、歴史資料からも、はっきりしている。

また、上杉謙信が、美男子の誉れ高い直江兼続を、可愛がっていたであろうことも想像できる。

そして、越後実業の小山田社長は、上杉謙信を尊敬し、上杉謙信のように生きたいと願っている。

一方、甲州商事の関口社長は、武田信玄に心酔し、武田信玄のように生きたいと、願っている。

それを考えると、上杉謙信が、直江兼続を可愛がっていたように、小山田社長は、後藤伸幸という、若い社員を可愛がっていたのではないのか？

はないのか？

また、甲州商事の関口社長は、高坂昌信に当たる三村正樹を、愛していたので

十津川は、そんなふうに、考えていたのだが、ここにきて、その考えに訂正を加える必要を、感じるようになった。

確かに、この図式は面白いし、可能性もある。

しかし、今、越後実業でも、甲州商事でも、社長が、六十歳の還暦を迎え、社員の間でも、誰が小山田社長と、関口社長の跡を継ぐかが、大きな関心事になっている。

二人の社長も、そのことで、頭を悩ませている。と、いうと、社長と社員の間の男色問題よりも、現在の二つの会社で、誰を後継社長にするかということで、問題が起きているのではないか？

だとすると、今までの捜査方針は、ここで少しばかり変更する必要があるのではないかと、十津川は考えたのだ。

小山田社長の場合も、関口社長の場合も、これはという後継者が、ひとりではなく、二人いるのである。これは、戦国時代の上杉謙信と武田信玄、この二人の名将が、跡取りのことで、同じように悩んでいたことと、いやでも、ダブってく

る。

武田信玄の場合は、結果的に、勝頼が跡を継ぐことになったのだが、勝頼には、義信《よしのぶ》という兄がいて、どちらが、武田信玄の跡を継ぐかが、大きな問題になった。

この兄弟で、甲州のリーダーの座を争って、結果的に、兄の義信は、勝頼に滅ぼされてしまった。

もう片方の上杉謙信は、景勝が、跡を継いだが、この景勝には、景虎という、ライバルがいた。

最初は、景虎のほうが、優勢だったといわれている。

景虎は、小田原の、北条氏の血を継いでいる上、武田勝頼の支持も、取りつけて、景勝よりも、断然、有利だった。

そこで、景勝は、直江兼続の助けを受け、まず、武田勝頼に、金品を贈って、景虎の支持をやめさせた。その上、景勝は、勝頼の妹を妻に迎えた。

そうした工作を、施しておいてから、景勝は、直江兼続とともに大軍を動かして、景虎が住む館を包囲した。

ライバルの景虎は、自刃して亡くなり、景勝と直江兼続の二人が、上杉謙信の跡目相続に、勝利したのである。

景勝よりも、五歳年下の直江兼続は、その後、一貫して、景勝のために、忠誠をつくすのである。

そう考えてくると、直江兼続は、上杉謙信との関係よりも、上杉景勝との関係のほうを重視せざるを得ないし、また、濃い関係に思えてくる。

武田信玄は、上杉謙信よりも先に、亡くなっている。

そこでも、武田軍団を信玄に代わって仕切るのは、いったい誰になるのか？

それが、大きな問題に、なっていたはずである。

諏訪勝頼が兄、義信と争って、勝利を収め、諏訪勝頼が、正式に、武田勝頼になった。

上杉景勝には、直江兼続という、頼りになる家臣がいたように、勝頼には、頼れる家臣として、誰がいたのだろうか？

この問題は、上杉景勝の場合よりも難しい。上杉家は、関ヶ原や大坂冬・夏の陣、あるいは、その後の、徳川幕府の時代まで、生き続けているのに比べて、勝頼のほうは、三十七歳で、戦いに敗れ、自刃して、武田家も滅びているからである。

武田信玄の時代に、武田二十四将と呼ばれていた家臣たちも、次々に勝頼を裏切って、織田、あるいは徳川方に寝返ってしまっている。

そんな家臣のなかで、十津川の頭のなかに、これはと思う武将として、浮かんだのは、真田幸村《ゆきむら》の父親である、真田昌幸《まさゆき》だ。

真田家というのは、武田信玄の譜代の家臣ではない。真田昌幸は、若い時に、信玄の近習《きんじゅ》として仕えている。

その後、武田信玄が、上洛する途中で、病死してしまい、勝頼が跡を継いだ。

勝頼は、常に、父親の信玄と比べられて損をするのだが、実際には、武勇の誉れも高く、頭もよかったといわれる。

ただ、勝頼にとって、まず不運だったのは、彼に、信玄ほどの、カリスマ性がなかったということだろう。

二つ目の不運は、信玄の時代よりも、周辺の織田、徳川、北条という諸大名の力が、大きくなっていたことである。特に、織田信長の力は、驚くほど、強大になっていた。

信玄の時代は、織田信長も、まだ支配している国も少なく、せいぜい、二万から三万の軍勢を、動かすことしかできなかったが、勝頼の時代になると、十万を超える大軍を動かすことが、できるようになった。

勝頼は、父信玄の時と同じく、甲斐、信濃、駿河《するが》の三国を支配下においていたが、信長は、山城《やましろ》、大和《やまと》、河内《かわち》、和泉《いずみ》、摂津《せっつ》、伊賀《いが》、伊勢《いせ》、志摩《しま》、尾張《おわり》、近江《おうみ》、美濃《みの》、飛騨《ひだ》の、十二カ国を支配下においていたのである。

徳川家康も、強大な大名になっていて、この徳川と織田の連合軍が、信州に侵攻してきた。それに、北条が加勢した。合計十万を超す大軍である。

血気にはやる勝頼は、正面から戦おうとした。あとになって考えてみると、勝頼の周りに集まった軍勢は、せいぜい一万五、六千人。これでは、到底、勝てるはずはなかったのである。

当然、ここは、織田勢と講和を結ぶか、城に立て籠もって、徹底抗戦をし、相手の大軍が、疲れて引き揚げるのを待つのが賢明だったと思われる。信玄なら、そうしているだろう。

しかし、若い勝頼は、自ら軍を進め、大敗してしまうのである。

そうなると、武田家譜代の家臣たちも、次々に織田、徳川方に、寝返っていった。

最も、勝頼にとって痛かったのは、穴山梅雪《ばいせつ》という大物の家臣が、早々と勝頼に、反旗を翻して、織田、徳川方についてしまったことである。

そうなると、戦国時代、最強を誇った武田軍団は、ばらばらになってしまい、侵攻してくる織田、徳川の連合軍に、戦って勝てる望みは、なくなってしまった。

残り少なくなった家臣たちが集まって、勝頼を中心に、今後の方策を相談した。

大方の意見は、織田、徳川に降伏することだったと、いわれている。

その時、真田昌幸は、自分の築いた城に、勝頼を迎えたいと献策した。上州《じょうしゅう》吾妻《あがつま》の岩櫃《いわびつ》の城である。そこには、食糧も豊富に蓄えてあるので、数カ月の籠城にも、充分耐えられると、昌幸は、いったという。

昌幸の進言のままに、勝頼が、その城に籠城して戦っていれば、織田や徳川の大軍も食糧が尽きて、自然に退却していったかもしれない。一時、勝頼は、真田の造った城、岩櫃の城に立て籠もることに、賛成した。

ところが、譜代の家臣、小山田信茂が、自分の岩殿《いわどの》城に勝頼を迎え入れたいと、献策した。

小山田信茂は、武田家譜代の家臣である。

それに比べて、真田は、外様である。勝頼は、小山田信茂を信じて、彼の城に籠もることにしたのだが、この小山田信茂が、織田側についてしまい、勝頼たちわずか二百名は孤立してしまい、大軍に囲まれたまま、自刃するのである。

このことを、考えると、信玄の子供、勝頼の第一の後見人、忠臣は、真田昌幸だったということに、なってくる。

捜査会議の時に、十津川は、自分の考えを三上本部長に説明した。

「今まで、私たちは、越後実業、甲州商事とも、それぞれの社長が、上杉謙信と武田信玄を尊敬していて、彼らのように生きたいと願っている。そのことばかり頭にありました。そのため、上杉謙信が愛した直江兼続が、今の社員のなかで、誰に当たるのだろうかとか、武田信玄が愛していた高坂昌信は、今の甲州商事では、誰がふさわしいかと、そういうことばかり、考えていたのです。そうしているうちに、越後実業では、直江兼続に当たるのは、後藤伸幸という社員であり、甲州商事で高坂昌信に当たるのは、三村正樹という秘書課長だろうと、いうことになりました。ところが、その二人、後藤伸幸と三村正樹が、次々に殺されてしまいました。当然、私たちは、この殺人には、それぞれ、越後実業の小山田社長と甲州商事の関口社長が、絡んでいるのではないかと考えてしまいました。その裏には、男同士の愛、男色の匂いを感じたのです。ところが、越後実業でも甲州商事でも、現在、最大の関心事は、社長の後継者問題なのです。誰が、次の社長になるのか？　それを巡って、会社のなかが、揺れ動いている。私は、そういう感じを持ちました」

「越後実業も、甲州商事も、本当に、後継者問題で揺れているのかね？」

三上が、きく。

「昔から、英雄色を好むといわれ、戦国時代の武将は、正妻のほかに、側室を持っていました。もちろん、武田信玄もです。信玄を尊敬している甲州商事の関口社長も、若い時には、奥さんのほかに、女を作っていて、その女性に子供が生まれると、認知していたそうです。それが今になって、後継者問題を起こしているのです」

「しかし、越後実業のほうは、そんな問題はないんじゃないのかね。何しろ、上杉謙信は、生涯、女犯せずといって、一生、妻を持たなかったので、有名なんだから」

三上が、いう。

「そうかもしれませんが、妻がいなくても、養子を二人迎えれば、その二人の間で、後継者争いが生まれます。さっき、申しあげたように、上杉謙信の死後、二人の養子、景勝と景虎の間で、争われ、景勝が勝利して、上杉家を、継いでいます。それに、謙信は、生涯、妻を持たなかったので、女嫌いだったとか、極端な説だと、謙信は、女だったという話までありますが、歴史的に見ると、謙信は、女性が好きだったと思えるのです。『祈恋』と題された恋する女性を詠んだ和歌を、作っていますし、謙信が、愛した三人の女性の名前もわかっています。本によれば、ひとりは、家臣直江実綱《さねつな》の娘、二人目は、関白近衛前嗣《このえさきつぐ》の妹、絶《たえ》姫、三人目は、上野平井《こうずけひらい》城主千葉采女《ちばうねめ》の娘、伊勢姫です。特に、三人目の伊勢姫は、その美しさに、謙信がひかれて、閨房《けいぼう》に入れようとしたが、家臣の柿崎景家に諫められて、思いとどまったといわれています。こういうことを考えますと、上杉謙信は、女は、好きだったと思われますね」

「謙信好きの越後実業の小山田社長は、どうなんだ？」

「小山田社長は、若い時から、女好きだったようで、謙信が、生涯、女犯せずのほうは、見習わず、三人も好きな女性がいたというほうに、勝手に憧れていたようです。もちろん、結婚もしているし、ほかに女もいて、今になって、関口社長と同じように、後継者問題に、頭を悩ませているようです」

「武田家と、上杉家、二人の息子がいて、争ったが、今の関口家と、小山田家でも、同じく、二人の候補がいて、争っているというのかね？」

「そのとおりです」

「父親というか、現社長が、嫡男を次期社長にすると、決めてしまえば、いいんじゃないのかね？」

「それができれば、簡単なんですが、関口社長も、小山田社長も、いざとなると、決めかねるらしいのです。時には、妻との間に生まれた子より、愛人との間の子のほうが、可愛く思えたりして、それで、なおさら、決心がつかなくなるみたいです」

「まずいね」

「そうです。まずいんです」

「子供二人は、自分の会社に、入れているのかね？」

「どちらも、それぞれ、甲州商事と、越後実業に入っています。夫婦の間の子は、何の抵抗もなく、自分の会社に入れたようですが、愛人の子のほうは、たぶん、愛人に、頼まれたんだと思いますね。あの子が可愛ければ、あなたの会社に入れてと、頼まれたんでしょうね」

「会社での地位には、差をつけているんだろうね？」

「それがですね。社長としての目より、父親としての目で、二人の子を見てしまって、両社とも、ほとんど同じ地位にいるようです」

「ますます、まずいじゃないか」

と、三上がいった。

「そうです。ますます、まずいんです」

「社員たちは、その二人のことを、しっているんだろう？」

「父親の社長は、何もいわないようですが、こういうことには、社員は敏感ですから、たちまち、全社員に、伝わってしまいます」

「その上、社長の父親は、どちらを、後継者にするか、迷っているんだろう？」

「そうです」

「そんなことには、社員は、敏感だよ。へたをすると、派閥争いが生まれるぞ」

「すでに、そのきざしが、見えていますね。甲州商事でも、越後実業でもです」

「そうか、両社とも、同じ悩みを抱えているわけだな」

「後継者争いが、激しくなって、その上、社長の決心がつかないとなると、次期社長になるためには、上杉景勝における直江兼続、また、武田勝頼の場合の真田昌幸のような後見人か、部下が、ついているほうが、勝者になるとみていいんじゃありませんか」

「そこで、君に、質問なんだがね。君は今、越後実業の場合は、上杉景勝に、直江兼続がいたごとく、誰か、小山田社長の息子に、有力な参謀がついていなければ、勝てない。その参謀を、直江兼続のようなと、いった。ところが、直江兼続と社内で呼ばれていた後藤伸幸が、あんな形で、殺されてしまっているじゃないか？　そのことを、君は、どう、解釈しているんだ？」

「これは、犯人のミスだと思っています」

「ミスというと、いったい、どんなミスなのかね？」

「おそらく、犯人は、上杉謙信と、直江兼続というラインを、考えていた社員だと思うんですよ。それで、後藤伸幸という社員を、殺してしまったんです。しかし、われわれが注目すべきだったのは、上杉謙信と直江兼続ではなくて、上杉景勝と直江兼続なんです。犯人が殺した後藤伸幸は、社長には、可愛がってもらっていたかも、しれませんが、後継者問題を考えると、直江兼続は、後藤伸幸ではなくなってしまいます。今、私は、そんなふうに、考えています」

「つまり、直江兼続は、いや直江兼続にふさわしい社員は、別にいて、その社員は、今も健在で、次の社長のことを、考えている。そういうことかね？」

「そうです」

「それは、同じことが、甲州商事にもいえるわけで、武田信玄との関係で高坂昌信のことを考え、その高坂昌信は、今の社員の三村正樹だと、君は、考えていたんじゃないのかね？」

「そうです。直江兼続のケースと同じように、武田信玄と、信玄に愛された、高坂昌信の関係を、現社長の関口と三村正樹という秘書課長に移し替えて、考えていたので、この繋がりで、殺されたのだろうと、考えてしまったのです。しかし、この考え方は、明らかに、間違っていました。高坂昌信が、武田信玄に、愛されていたことは、もちろん、間違いありませんが、信玄が、亡くなってから、五年ほどのうちに、高坂昌信も亡くなっているんです。ですから、高坂昌信が、武田勝頼の、よき相談相手だったとは、考えられません」

「それで、真田昌幸というわけか？」

「ええ、そうです」

「そうなると、三村正樹という社員が殺されたが、あれも、犯人が間違えて殺したということになってくるのかね？」

「武田信玄が亡くなって、子供の勝頼の時代に、なっていると考える必要があります。甲州商事は、まだ、関口社長が健在ですが、現在、甲州商事を、揺るがしているのは、社長の後継者問題です。それを考えると、信玄に愛された高坂昌信は過去の人間になってしまいます。問題は、勝頼の相談相手なんです。それで、私は、当時でいえば、真田昌幸ではないかと、考えたのです」

「それが今の社員の誰なのかは、まだ、わからないんだな?」

「今、それを調べているのですが、まだ、具体的な名前は浮かんできていません」

と、十津川は、正直に、いった。

2

甲州商事の関口社長と、その息子のことについては、以前に、私立探偵の橋本豊が調べていたので、十津川は、それを、参考にすることにした。

社長の関口徳久には、三十歳になる長男の関口久幸がいる。橋本が、調べたところによると、関口久幸は、実は正妻の子供ではなくて、愛人との間に生まれた子供だといわれている。

もうひとり、関口社長には、久幸には弟にあたる徳明《のりあき》、二十九歳がいる。この徳明は、正妻の子である。

夫婦の間に、なかなか、子供が生まれなかった。

先に、愛人が、男の子を産んだ。関口は、嬉しくて、すぐ、認知したのだろう。だが、その翌年、正妻の圭子も男の子を産み、間もなく亡くなった。

関口は、どちらの子供も、可愛がった。大学を卒業すると、自分の会社に入れた。

こうした人間関係について、社員たちは、うすうすしっているらしいと、十津川は、橋本に教えられたことがある。

関口久幸は堅実で、失敗をしないタイプだと、いわれる。

しかし、逆にいえば、堅実ということは、凡庸ということでもある。

その点、大学時代、ジャズバンドをやっていたという徳明は、いかにも、活発で、頭も切れるのだが、逆にいえば、軽薄といえなくもない。

この二人の、どちらに、甲州商事の社長の椅子を、与えるかについて、まだ、関口社長は迷っていた。社長が迷うと、社員たちは、兄弟のどちらにつくのが得かと考え迷ってしまうのである。

一方、越後実業の小山田社長の家には、一男一女がいる。

現在、小山田家にいるのは、三十歳の雅之である。当然、自分が、越後実業の社長になると思っているが、雅之のしらない兄が、群馬《ぐんま》県の高崎《たかさき》にいた。それが、三歳年上の雅男《まさお》である。

この雅男は、小山田社長が、六本木のクラブのママに、産ませた子供なのだが、高崎にある、越後実業の子会社の若社長になっていた。

年齢的にいえば、群馬県高崎に住んでいる雅男、三十三歳のほうが、長男なのだが、なぜか、三十歳の雅之のほうが、長男ということになっていた。

三十三歳の雅男のほうは、長いこと、小山田社長が、認知していなかったからである。だから、越後実業の社員たちは、長いこと、社長の男の子供は、雅之ひとりだと思っていた。

ところが最近になって、三歳年上の男の子が認知され、突然、表舞台に出てくるようになった。それが小山田雅男である。

これで、社員たちは迷ってしまった。

社長は、現在、還暦を向かえている。そのうちに、社長の座を子にゆずることは間違いないだろうが、それが雅男と、雅之のどちらになるのか？　判断できない社員たちは、息を潜めて見守っているのである。

というのも、社員たちは、新しい社長に、ついていこうと、思っているからである。

最近になって、小山田社長は、この雅男を高崎の子会社から、東京の越後実業の本社に移した。それだけ、小山田社長は、雅男を、手元に置きたくなったのである。

こういうことを、社員たちは、敏感に受け取ってしまう。

今までは、三十歳の雅之についていた社員のなかから、三歳年上の雅男につく社員の数が、急に多くなった。

こうなってくると、越後実業も、甲州商事と、まったく同じような悩みを、社長が、持っていることになってくる。社員たちは、当然社長と息子二人の動きに、神経質になってくる。

越後実業の小山田社長が、一週間の予定でヨーロッパ視察にいく時、どちらの子供を連れていくかが、注目された。それが、三十三歳の雅男が、同行することになって、社員たちの間に動揺が広がった。

今までは、三十歳の雅之が、小山田社長の後継者と思われ、次期社長は、雅之で間違いないだろうと、思われていたからである。

甲州商事でも、似たような出来事があった。長男の久幸は、はじめは、子会社で働いていた。そして、二十八歳の時に本社に戻り、営業部を経て、現在、企画室長を、やっている。

弟の徳明に対しても、社長の関口は、同じようなコースをたどらせるのではないかと、大方の社員は見ていたのだが、大学を出るとすぐに、子会社には、いかせず、本社の広報課長の椅子を、与えているのである。

こうなると、社員たちは、迷ってしまった。というのも、一見すると、次男の徳明のほうを、関口社長が、信頼しているように思えたからである。

戦国時代の上杉、あるいは武田のように、兄弟が争って、どちらかが後継者になり、もうひとりは、自ら滅びていく。

もちろん、今は、そういうことはないが、兄弟がいれば、どちらかが、社長になり、もうひとりは、子会社に追い出されるか、あるいは、部長クラスで、一生を終えてしまうのである。

越後実業の場合でいえば、小山田雅男、雅之の二人の兄弟のうちのどちらが、直江兼続のような優秀な参謀を手に入れることができるか。

甲州商事でいえば、関口久幸と、徳明のどちらが、真田昌幸のような、頭の切れる部下と結びつくかで、その将来が決まってしまう。

十津川は、それとなく、越後実業の場合は、誰が、本当の直江兼続か、甲州商事の場合は、誰が本当の真田昌幸かを捜すことにした。

そんな時、越後実業と甲州商事では、新しい十五将の名前が廊下に貼り出され、その下には、前と同じように、社員が、自分の名前を書くことになった。

越後実業では、後藤伸幸という社員が、殺され、同じように、甲州商事では、三村正樹という社員が、殺された。

そうした、暗い空気を一掃するために、新しい十五人の武将の名前を、改めて書き出したものと、思われる。

越後実業では、あの直江兼続の名前も、新しい十五将のなかに、きっちりと、入っていた。

直江兼続＝後藤伸幸という線を、会社の重役や、あるいは、社長の小山田が、嫌ったのだろう。

ただし、以前、十津川が、甲州商事の廊下に貼り出された、十五将のリストを見た時、そのなかに、真田昌幸の名前は、なかったのだが、今回、貼り出された新しい十五人のなかでは、真田幸隆だったところが、真田昌幸に、なっていた。

十津川は亀井と二人で、甲州商事を、訪ねていった時、どうして、真田昌幸の名前を入れたのか遠慮なく、関口社長に、きいてみた。

「いや、あれは、私が換えたんじゃありませんよ」

と、関口社長が、いう。

「すると、誰が、真田幸隆から、真田昌幸に替えたんですか？」

「あれは、息子の徳明が、書き替えたんですよ」

「徳明さんというと、次男の方ですね？　その徳明さんが、真田昌幸にしたいと、いったんですか？」

「徳明は、歴史小説が、好きでしてね。読んでいるうちに、どうしても、真田昌幸という人物に惚れてしまった。武田軍団の十五将を選ぶなら、自分は、真田昌幸を、入れたいと、強硬にいうもんですから、直したんですよ」

と、関口が、いった。

その後、十津川と亀井は、現在、広報課長をやっている、関口徳明に、会わせてもらった。

徳明は、色白で、なかなかの、美男子だった。

十津川が、廊下に貼り出された、武田十五将のうちのひとりを、どうして、真田昌幸に替えたのかと、きいてみると、徳明は、こんな答え方をした。

「武田軍団について、いろいろと、本を読みました。信玄が健在の時には、武田軍団の武将は、ほとんど、信玄に反旗を、翻してはいません。それどころか、信玄の指揮のもと、勇猛果敢に、戦っているのです。上杉とも戦ったし、織田、徳川、あるいは、北条とも、戦っています。ところが、信玄が亡くなって、勝頼の時代になると、呆れるほど、織田、徳川に、寝返っていく者が、出ているんです。特に、譜代の家臣から、裏切り者が出ているのを読むと、戦国時代だから、仕方がないのでしょうが、暗澹《あんたん》たるものが、ありますね。そういうのが、一番許せないような気がするんですよ」

「その点、真田昌幸は、立派ですか？」

「真田というのは、もともと武田家の譜代の家臣ではないんですよ。いってみれば、よそ者ですよ。それが、最後まで勝頼を守っている。もし、私が、甲州商事の社長になったら、どうしても、真田昌幸のような信頼できる部下がほしい。そう思いましてね。社長に、無理をいって、今回、十五将のなかに真田昌幸の名前を、入れてもらったんです」

「そうなると、あなた自身が、真田昌幸だと、いっているわけではないんですね？」

十津川が、きくと、徳明は、笑って、

「僕は、まだ二十九歳ですよ。いってみれば、まだ子供です。真田昌幸が、織田、徳川の連合軍に攻めこまれた、勝頼を助けて、動こうとした時には、三十五歳ぐらいですからね。そのくらいの年齢の頼れる社員がほしいと、思っているんです」

「この社員ならば、真田昌幸だという人は、いるんですか？」

「ひとり、気になる社員が、いるんですが、誰にも、内緒にしておいてもらいたいんですよ。私の父や兄にもです」

「いいですよ。秘密は、守りますから、その人の名前を、ぜひ、教えてください」

「うちには、計画部というセクションがあるんですが、そこにいる、清川隆志《きよかわたかし》という次長です。確か、年齢は三十五歳じゃなかったですかね」

「その清川さんが、あなたにとっての、真田昌幸なんですか？」

「そうですね。いつも、私についてほしい人物です」

と、徳明が、いった。

（清川隆志か）

十津川は、その名前を、脳裏に、しっかりと、刻みこんだ。

3

十津川は越後実業の二人の息子についても、調べたいと思った。

こちらでも、後藤伸幸という社員が、殺されている。その捜査にきましたといって、小山田社長に、会った。

後藤伸幸について三十分ほどきいたあと、十津川は、話題を変えて、

「社長が、今、一番苦労されているのは、もしかすると、後継者のことじゃありませんか？　社長には、三十三歳の雅男さんと、三つ年下の雅之さんがいらっしゃる。社長の頭のなかでは、どちらに、自分の跡を継がせたいと、思っていらっしゃるんですか？」

と、小山田に、きいてみた。

「それが、自分でも、まだ、決めかねているんですよ」

「年齢順なら、雅男さんですが、それで決まりですか？」

「いや、まだ、決まっていません。会社のリーダーというのは、歳が若いから、駄目だというものではないし、歳を取っているから、安心だというものでもない。若くても立派な人間も、いますから」

「今、廊下に、新しい、上杉十五将の名前が、貼り出されていますね」

「前のとおりでも、よかったんですが、直江兼続の名前の下に自分の名前を書いていた、後藤伸幸が殺されてしまったので、人心一新を狙って、新しく、十五将の名前を、書き出してみたんです」

「直江兼続の名前も、ありましたよ」

「上杉家の歴史を追っていくと、どうしても、直江兼続の名前は、外せませんから」

「今日、見た限りでは、直江兼続のところには、社員の名前は、まだ、書かれていませんね」

「そうでしょうね。後藤伸幸が、あんな形で死んでしまったものだから、誰もが、遠慮しているんでしょう」

「その後藤伸幸さんですが、社長から見て、直江兼続に、似ていましたか？」

十津川が、きくと、

「それは、見る人間によって、違ってくるのでは、ありませんかね。私は、自分は、上杉謙信だと思っているから、上杉謙信から見た直江兼続というのは、うちの社員でいうと、誰だろうかと考えますよ。しかし、私ももうそろそろ息子に、社長の椅子を譲りたい。その息子から見て、直江兼続は、誰かということになると、私とは違った人物を想像するかもしれません」

「前は、後藤伸幸さんという名前が、ありました。社長さんから見て、後藤伸幸さんというのは、どういう社員でした？」

「社員としては、優秀でしたが、少しばかり律儀すぎるかなと、私は、そんなふうに見ていたんです。今もいったように、息子の見方は、また、違っているでしょうね。息子が、社員のなかの誰を、直江兼続だと思うか？　それがわかると、楽しいと思ってはいるんですけどね」

「二人の息子さんに、直江兼続について、きいたことがありますか？」

「いや、まだありません」

「八月に入ったら、甲州商事と、現代の川中島合戦をやりますね？　殺人事件が、起きたので、中止ということは、ないんですか？」

「いや、もちろん、やりますとも」

「やるなら、その時までに、直江兼続が誰かを、決めておいたほうが、いいんじゃありませんか？　何といっても、直江兼続は、大物だから、それが、決まっていないと、川中島合戦も、甲州商事に後れを取ってしまうんじゃありませんか？」

「警部さんは、甲州商事にも、捜査に、いかれたんでしょう？」

「いきましたよ。向こうでも、周囲から、高坂昌信だと目されていた三村正樹という社員が、何者かに、殺されましたからね。依然として、容疑者が浮かんでいないので、昨日、社長に、会ってきました」

「関口社長は、どんなことを、いっていましたか？」

「向こうも、廊下に、新しい武田十五将の名前を、ずらりと、書いて貼り出しているんですよ。面白いことに、ひとり、変更がありました。真田昌幸の名前が新しく出ていましたね」

「真田昌幸というと、有名な、真田幸村の父親じゃなかったですか？」

「そうです。なぜ、新しく、真田昌幸の名前を載せたのか、向こうの社長に、きいてみました」

「そうしたら？」

「関口社長も、小山田さんと同じように、現在、後継者問題で、悩んでいらっしゃるんです。息子さんが二人いましてね。どちらも優秀なので、どちらにすべきか迷っていると、おっしゃっていましたね。私に、こういうんです。息子のためにも、真田昌幸のような部下がぜひほしいと」

「なるほど。関口社長も、私と、同じように、跡継ぎで悩んでいるんですか？」

「そうです。こちらと、事情がまったく同じみたいですね。こちらにも、優秀な息子さんが二人いますが、向こうにも二人いらっしゃるんですよ。そして、どちらを跡継ぎにしたらいいのか、悩んでいらっしゃる。そこも、こちらと、よく似ていますね」

「関口社長は、真田昌幸ですか？　真田昌幸が、ほしいといっているわけですね？」

「そうです。関口社長は、まだ息子は二人とも若いから会社を継ぐとなると大変だ。そのためには、誰か、そばに、相談できる人物がほしい。それが、真田昌幸だといっていましたね。それで、現在の社員のなかに、真田昌幸がいますかときいてみたんですよ」

十津川が、あえて、徳明のことは出さずに、こういうと、小山田は、一膝乗り出してきて、

「それで、向こうの社長は、何と、いったのですか？　関口社長は、具体的な社員の名前を、挙げていましたか？」

小山田は、相変わらず、顔を突き出すようにして、きく。

よほど、そのことが、気になっているのだろう。

十津川は、わざと、とぼけて、

「まだ、決まっていないようですね。社員のなかからひとりを選ぶというのは、大変らしいですよ」

と、いうと、小山田はうなずいて、

「そうなんですよ。社員のなかからひとりを選んで、息子を鍛えさせる。それが、うまくいけば、一番いいんですが、それが、簡単にはいかない。ひとり選ぶと、その社員が、ほかの社員から妬《ねた》まれますからね」

4

十津川と亀井は、小山田社長と、わかれると、もう一度、廊下に出て、新しい上杉十五将の名前のリストに目を通した。

まだ、各武将の名前の下には、ほとんど社員の名前が、書かれていない。たぶん、直江兼続の下に、名前を書いた後藤伸幸が、殺されてしまったからだろう。

十津川は、急に、おやっという目になった。

さっき、社長室に入る時に、見たリストには、直江兼続の下には、誰の名前も、書いてなかったのだが、今は、そこに太い文字で、名前が、書いてあったからである。

八代康介《やしろこうすけ》という名前である。

殺人事件のあったあとである。その直江兼続のところに、自分の名前を、書くというのは、かなり、勇気がいるはずだった。

それなのに、太い大きな文字で、八代康介と、書いてある。

（いったい、どんな社員なんだろうか？）

と、十津川は、興味を持った。

十津川と亀井は、社長室に引き返すと、もう一度、小山田社長に会った。

小山田のほうが、びっくりした顔で、

「どうかなさったんですか？」

「こちらに、八代康介という社員がいらっしゃいますか？」

「ええ。おりますが？」

「どんな人物ですか？」

「そうですね。三十代半ばだから、中堅社員で、亡くなった、後藤君の跡を継いで、現在、広報課長です」

「性格は、どうです？」

「入社した頃の話ですが、八代だけ、鈍重に見えたんですよ。それで、心配しました」

「今は、どうなんです？」

「相変わらず、鈍重に見えます」

「しかし、広報課長でしょう？　どうして、課長にしたんですか？」

「私は、こんなふうに考えたんです。十年間も、ずっと、鈍重に見えるというのは、徒者《ただもの》ではない。鈍重ではなく、これは、思慮深いのだと、考えるようにしたんです」

「この社員に、会いたいんですが」

と、十津川がいうと、小山田は、すぐ、社内電話で、本人を呼んでくれた。

大きな男だった。

(この大きな図体のせいで、鈍重に、見えるのか)

と、十津川は、思ったが、

「ちょっと、廊下に出て下さい」

八代を、引っぱるようにして、上杉十五将の紙の前に、連れていった。

「この、上杉十五将の直江兼続の下に、八代康介と書きこんであります。どういう気持ちで、自分の名前を書いたのか、話してくれませんか?」

「え?」

と、八代は、びっくりした表情になっていたが、リストをじっと見てから、

「これ、違いますよ」

と、笑った。

「何が、どう違うんですか？」

「筆跡が違う。私の字じゃありません」

「あなたじゃなく、誰か、ほかの社員が、書いたということですか？」

「そうですよ。社員の誰かが、悪戯したんですよ」

と、八代は笑ったが、急に難しい顔になって、

「前のリストの時、直江兼続の下に、自分の名前を書いたのが、後藤伸幸さんで、すぐあとで、殺されてしまいました。そのことを考えると、社員のひとりが、こんな悪戯をするはずがありません」

「しかし、ここに、八代康介と、太い字で書いてある。単なる悪戯じゃありませんね。社員の誰か、まったく想像できませんか？」

「残念ですが、わかりません」

と、八代は、いった。

嘘をついているようには、見えない。

（ひょっとすると？）

と、十津川は、考えた。

八代は、自分が書いたのではないという。また、ほかの社員の悪戯のはずがな

いともいう。
そうなると、残るのは、あと三人しかいないのだ。
小山田社長自身と、二人の彼の息子である。

第六章　巨大な敵

1

現在、越後実業と甲州商事の社員が、それぞれ殺される事件が起きていて、十津川たちが、捜査している。

甲州商事の三村正樹という秘書課長と、越後実業の後藤伸幸という広報課長、いずれも三十代の、働き盛りの中堅社員が、何者かに殺されているのである。

この殺人事件について、越後実業側は、甲州商事の人間の凶行に違いないといい、逆に、甲州商事側は、越後実業がこちらを、弱らせようとして、うちの中堅社員を殺したに違いない、と主張している。

双方の、いわば、ののしり合いが、ここにきて突然、きこえなくなった。

見事なほど、きこえなくなったのである。

十津川は、その理由がわからなくて、首をかしげていたのだが、ある時、経済新聞を読んでいて、理由がわかったような気がした。

年商一兆五千億円を誇る近江通商という大会社が、越後実業と甲州商事の買収に動いている、というニュースが、耳に入ったからである。

すでに、近江通商は、越後実業の株を、八パーセント、甲州商事の株を、九パーセント手に入れていることがわかって、越後実業と甲州商事の二社は、会社を挙げて自己防衛に動いている。こうなると、今までのように、ライバル会社として張り合っている場合ではなくなってしまったのではないのか？

甲州商事も越後実業も、現在の株価は、全国的な株安のために、安くなっているが、流通の基盤もしっかりしているし、大型トラックも大量に、保有している。株を買い占めても、損のない企業だと、近江通商は、考えたのだろう。

「甲州商事も越後実業も、まさか、自分の会社が、巨大な企業から、狙われるとは、思っていなかったんじゃないのかな？　だから、慌てているんだ」

十津川が、いうと、

「そういえば、越後実業の小山田社長が、入院してしまったそうですよ。何の病気なのかわからなかったのですが、今、警部の話をきいて納得しました。おそらく、心労でしょうね」

と、亀井が、応じた。

「そうなると、後継者争いが、激しくなるな。越後実業も甲州商事も、跡取りが、二人ずついるから、会社のなかも、二つにわかれるかもしれない」

「そうなると、八月の川中島合戦は、どうするんですかね？　まだやるつもりでしょうか？　きいてみたいですね」

と、亀井が、いった。

2

越後実業の広報課長、八代康介は、小山田社長の次男、雅之を夕食に誘った。

その席で、八代は、雅之に向かって、

「今日は、まず、お礼をいわせてください。廊下に貼ってあった、上杉十五将のなかの直江兼続のところに、私の名前を書きこんでくださったのは、雅之さんですよね？」

「どうして、わかったんだ？」

と、雅之が、きく。

「誰が、私の名前を書きこんだのかを、私なりに考えてみたのです。社員の誰かが、私の名前を書くはずはありません。社員同士は、いわば、ライバルですからね。長男の雅男さんは、社員よりも、親戚で、社の重役をなさっている田中雄一郎《たなかゆういちろう》さんのことを信頼していらっしゃいますから、直江兼続のところに、名前を書くとすれば、田中雄一郎さんにするでしょう。そうなると、残るのは、雅之さん、あなただけです」

と、八代は、いった。

「確かに、私が、君の名前を書いたことは、間違いないが、そのお礼だけで、私を夕食に誘ったわけではないだろう？　何か魂胆が、あるんじゃないのか？」

「今、越後実業は、危険な状況に置かれています」

「それは、しっている。近江通商という大企業が、うちの買収に、動いているからね」

「それもありますが、ほかに、小山田社長のことがあります。社長は倒れて、救急車ですぐ病院に運ばれて、現在、面会謝絶になっています」

「もちろん、そんなことは、しっている」

「私は、あの病院の副院長と知り合いですので、こっそり、きいてみました。病名は脳血栓で、回復しても、麻痺が残るだろうといっていました。言語障害、あるいは、記憶喪失のようなことも、覚悟しておいたほうがいい。そうも、いわれました」

「そんなことまで、話したのか」

「たぶん、退院しても、小山田社長は、社長の座を、退かなくてはならなくなるでしょう。それも、そんなに遠くない時期にです。そうなると、わが社は、さらなる危機にさらされます。その覚悟を、雅之さんにしておいていただきたくて、今日、こうして、食事にお誘いしたのです」

「そういわれても、どうしたらいいのか、私にはわからん」

と、雅之が、いった。

「間もなく、小山田社長が、脳血栓で倒れたということは、公になるでしょう。そうなると、否応《いやおう》なしに、後継者選びをすることになります」

「私は、次期社長には、兄の雅男がなるのが、いいと思っている」

「それは、いけません」

八代が、強い口調でいった。

「どうして、駄目なんだ？　兄は、国立大学を、優秀な成績で卒業しているし、有力者にも知り合いが多い」

「雅男さんは、社員よりも、今もいった、親戚で、社の重役の田中雄一郎さんのことを、信頼しています。その田中さんの経営理論は、今の時代には通用しない、古臭いものになっています。したがって、雅男さんが、次期社長になると、間違いなく、越後実業は時代に取り残され、潰れます。それを防ぐためにも、あなたに、次期社長になっていただかないと、困るのです」

「私が、いくら、次の社長になりたいといったって、重役たちの意見もあるし、第一、親父の考えだってあるだろう。私や君が頑張ったって、そう簡単に、次の社長になれるもんじゃない」

「ええ、それは、わかっています。ですから、今から、手を打っておきたいのです」

「何をするつもりなんだ？」

「申しわけありませんが、今は、まだ申しあげられません」

「どうして？」

「これは、私のエゴで、いっているのではありません。あなたが、次の社長にならなければ、間違いなく、越後実業は潰れます。ですから、何としてでも、あなたを次の社長にしたい。しばらくの間、私がやることを、見守っていていただきたい。私は、どんな手段を講じてでも、あなたを、次期社長にするつもりです」

八代は、まっすぐに、雅之を見つめて、いった。

3

越後実業の小山田社長の病状が、心配されているころ、突然、今度は、甲州商事の社長、関口徳久が、心臓発作で倒れ、そのまま、息を引き取ってしまった。これも、近江通商という巨大な敵の圧力のせいかもしれない。

葬儀の席が、そのまま、次期社長を誰にするかを話し合う会議になってしまった。

関口社長には、二人の子供がいる。関口久幸と、関口徳明である。

そのどちらを、次期社長にするか、どんなふうに社内で揉めているかを、橋本豊が、十津川に詳しく教えてくれた。

「甲州商事には、五人の重役がいます。全員、古株で、六十代から七十代という、長老たちばかりです。相談役としてなら、いいのかもしれませんが、それは、社業が順調な時の話で、今のような非常事態に対処するには、少しばかり、能力的に欠けているような感じですね」

「近江通商の影は、大きく、のしかかっているのか？」

「口には出しませんが、社員たちは、明らかに気にしていますね。買収のあと、リストラがあるんじゃないかという不安があるみたいです」

「近江通商というのは、昔は、あんなに大きな企業じゃなかったんじゃないのか？」

「そうですね。同じ業界内では、甲州商事や越後実業のほうが、近江通商より、大きな企業だったし、株価も安定していたそうです。ところが、この二つの会社が、事業の安定に、胡坐をかき、お互いに、ライバルのことばかり気にしている間に、近江通商のほうは、必死に事業を拡大していた。優秀な人材を集め、外資も入れて、急激に、大きくなっていったようです。そして、以前、自分より上にいた、甲州商事と越後実業の買収に取りかかった、ということらしいです」

「甲州商事には、優秀な社員が、たくさんいるだろう。例えば、甲州商事の高坂

昌信ということで、三村正樹という社員がいた。彼は、殺されてしまったが、あ
あいう社員が、ほかにも、いるんじゃないのかね？」

「もちろん、いると思います。例えば、資材部長の阿部健太郎《あべけんたろう》という、四十五歳の社員がいます。この社員の頭のいいこと、あるいは、将来を見通す力のあることは、社内でも評判ですが、惜しいことに、彼は、ほかの幹部社員とは違って、生え抜きでは、ありません。ですから、彼がいかに優秀でも、会社の方針を決める重役会議には、出席できません」

「社内の風通しが悪くなっている、ということだな」

「亡くなった関口社長の若い頃は、会社が成長期にあったせいもあり、若手でも、成績がよければ、どんどん、抜擢されていたといわれています。それが、一部上場し、会社が安定期に入ってから、守りに入ったんでしょうね。社員にきくと、事業でも、人事でも、会社は、冒険をしなくなったといっています。ただ、八月に、川中島合戦を催したり、昔の武田軍団の十五将に、今の社員の誰が該当するかといった催しがあったりするので、これで、少しは、風通しがよくなるのではないかと、淡い期待を持った社員もいますが」

「君のいう阿部という資材部長は、甲州商事では、真田昌幸になっているんじゃ

ないのかね？」

十津川が、いうと、橋本は、うなずいて、

「ええ、そうです。真田昌幸は、武田家の武将のなかで、最高の知恵者といわれていましたが、外様でしたから、彼の提案は、信玄の跡を継いだ勝頼には、採用されませんでした。それが、武田の滅亡に繋がったんですが」

「甲州商事の次の社長は、久幸と徳明のどちらに決まりそうなんだ？」

「重役連中は、長男の久幸を後継者にしたいようです」

「しかし、久幸は、愛人の子供だろう？　嫡子の徳明には、人望がないのかな？」

「そうですね。徳明のほうは、何やら無茶をしそうで、その点、久幸は、堅実で冒険はしない性格だといいますから、重役たちは、久幸が社長になったほうが、御しやすいのではないでしょうか？　ですから、久幸が、重役会議では、次期社長に推されると思いますね」

橋本が、教えてくれた。

「越後実業のほうは、どうなんだ？　現社長が、入院してしまっているから、向こうも、後継者問題が起きているんじゃないのか？」

と、十津川が、きいた。

「越後実業のほうは、正直いって、よくわかりません」

「しかし、後継者が二人いるし、その点は、甲州商事と似たり寄ったりじゃないのかね？」

「そうですが、越後実業のほうは、上杉謙信の時代と、会社そのものが、よく似ているんですよ。武田家のほうには、有力な武将が何人もいて、それが、今の甲州商事の重役たちと重なっているのですが、上杉家のほうは、謙信ひとりだけが、突出していて、その下の武将というのは、全員、力が拮抗《きっこう》していました。今の、越後実業にも、力のある社員が、何人もいるようですが、そのうちの誰が突出してくるか、わからない。悪くいえば、どんぐりの背比べ、よくいえば、そのなかから突然、優れた社員が、現れる可能性もある。もし、現れれば、その人間が、今後の越後実業の行方を、担っていくのではないかという、そういう、恐れというか、期待が、あるようです」

「となると、八代康介か、広報課長の」

と、十津川が、いった。

「今は、越後実業の直江兼続と八代がいわれているんだろう？　この八代康介に、何か動きはないのか？」

「いろいろと探っているのですが、今のところ、何も、きこえてきません」

「何もしていないということか？」

「それは、わかりません。水面下でひそかに動いていて、わからないのかもしれません」

と、橋本が、いった。

ただ、二つの会社とも、一部上場の株式会社である。会社内の人事や、あるいは、新しい経営方針などは、株主に、伝えなければならない。それが自然に、十津川たちにも、伝わってくるのである。

その後、甲州商事のほうは、社長の関口が急死したことに伴い、長男の関口久幸が新社長に就任したという新しい人事が発表されたが、そのなかで関心が持たれたのは、久幸が甲州商事の新社長になったあと、特に新しく、副社長のポストが設けられて、そこに北原要《きたはらかなめ》という六十五歳の人間が抜擢されたということだった。

北原は、甲州商事の古くからの重役のひとりである。

この人事に伴って、十津川に、二つの話が伝わってきた。

一つは、長男の久幸が、新社長になるに伴い、次男の徳明が、甲州トランスという子会社の社長になった、という話だった。今までは、徳明も、本社の社員だったのが、突如、子会社に、移されたのである。

一応、子会社の社長ということになっているが、邪魔になった徳明を、久幸か、北原が、本社から子会社に追放したという話が、十津川に、伝わってきた。

もう一つは正式な発表ではなくて、甲州商事の新社長、関口久幸が、副社長になった北原要のめぐみという、三十歳の娘と婚約をしたという噂だった。

この婚約が正式なものとなれば、北原副社長の甲州商事における影響力は、一段と強いものになるだろう。

十津川が、しりたかったのは、突然、副社長に推された、北原要という男のことだった。

十津川は、大学時代の同窓で、現在、経営雑誌の記者をやっている大下《おおした》から、話をきくことにした。

「北原要か。あの男は、重役陣のなかでは、一番の古手といってもいい」

と、大下が、いう。

「今度、関口社長が亡くなって、新社長に息子の久幸が就任して、北原要が、副社長になったのだが、彼には、経営者としての才能が、あるのだろうか？」

十津川が、きくと、大下は、小さく笑って、

「北原要に、経営の才能があるという話は、一度も、きいたことがないね。ただ、人間関係の斡旋というか、根回しには、長《た》けているという話は、きいたことがある。だから、亡くなった関口社長は、役所との折衝や、人事で、厄介な問題が起きると、北原という重役を使っていたということだよ。つまり限定して、使っていたんだ。だから、今回も、重役たちに、うまく根回しして、副社長の椅子を、手に入れたんじゃないのかな？」

「その北原要が、今まで、甲州商事にはなかった副社長というポストに就いたということを、世間は、どう見ているのかね？」

「たいていの人間は、びっくりしているね。日本中の会社が、今、大事な時期を、迎えている。景気がよくなる兆しがないからね。そんな時に、根回しがうまいだけの北原要が、副社長に起用された。そのことに不安を感じている甲州商事の社員は、多いんじゃないのかな」

「息子の久幸が、新社長になった。その久幸と、副社長の北原とは、うまくやっていけそうかね？」

「うまくやっていくと思うよ。以前、久幸に会ったことがあるんだけどね。平凡

で、大人しい人間だから、社長になっても、自分の主張を、強く押していくのではなくて、副社長の北原や、ほかの重役たちの考えを尊重して、会社を経営していくんじゃないかと思うよ」

と、大下が、いう。

「君のほうが、よくしっていると思うんだが、近江通商という大企業が、甲州商事の買収を図っている。そんな時に、新社長の久幸や、副社長の北原で、果たして大丈夫なんだろうか？」

十津川が、きくと、大下は、また、小さく笑って、

「そのこともあるから、関口社長が死んだあとの人事を、見守っていたんだけどね。甲州商事には、優秀な若手の社員が、たくさんいるんだ。新社長になった久幸が、そうした若い力を抜擢していったら面白いな、と思っていたんだが、そういうことは、まったくなかったね。北原要が、今後の甲州商事の経営に、参画してくることを無難だと思う反面、今の厳しい時代には、不安も感じてしまうんだよ」

「君のいう若い力、才能のある社員というのは、具体的には、どんな人間が、あの会社にはいるんだ？」

「そうだな。先日、妙な死に方をしてしまったが、三村正樹という、秘書課長がいた。あの秘書課長は、優秀な人間だったよ。亡くなった関口社長の信頼も、厚かった。だから、関口社長と、この三村正樹がしっかりとしていれば、甲州商事も安泰だと思っていたんだがね」

「三村正樹のほかには、君が、推薦できるような社員は、いないのか?」

「そうだな」

大下は、しばらくの間、考えこんでいたが、

「阿部健太郎という男がいる。確か、今は、資材部長になっているはずだ」

「そうか、真田昌幸か」

十津川が、にっこりすると、今度は、大下が、

「真田昌幸って、何だ?」

ときいた。

「甲州商事と越後実業では、武田信玄と上杉謙信の下で活躍した武将の名前を並べて、今の社員のなかで、誰が、それに該当するかを、両方の会社でやっているのだが、甲州商事の場合、真田昌幸に該当するのは、資材部長の阿部健太郎だ、といわれているんだ」

「なるほどね、真田昌幸かもしれない。確かに、似ているところがある。阿部健太郎は、経営の才能はあるが、中途採用で甲州商事に入っている。真田昌幸も、当時の武田の武将のなかでは、外様だったから勝頼の時代には重用されなかった。同じ理由で、今回の人事では、才能のある阿部健太郎が、抜擢されなかったのかもしれないな」

「ところで、亡くなった三村正樹だが、彼は、武田の武将でいえば、高坂昌信だった。それは、しっているか？」

「もちろん、しっているよ。能力のある人間だったことは確かだ」

「私は今、二つの殺人事件を、捜査しているのだが、きこえてくるのは、どちらの事件も、ライバル会社の人間の犯行ではないか、という噂なんだ。越後実業では、後藤伸幸という、広報課長が殺されていて、こちらは、甲州商事の犯行ではないかといっている。その線で、今、捜査を進めているのだが、どうもしっくりこない。会社自体が、危ない時に、必要とする社員を、それが、たとえ、ライバル会社の社員であっても、今、殺すことはないような気がしているんだがね」

十津川が、いうと、大下も、うなずいて、

「二つの殺人事件が起きた時は、甲州商事の関口社長も、越後実業の小山田社長も健在だった。あの二人がしっかりしている時に、ライバル会社の大事な人間を絶対、殺したりはしない」

「では、君の目から見て、誰が犯人だと思うんだ？」

「それは、わからないよ。それに、犯人を挙げるのは、君の仕事だろう」

と、大下は、いってから、

「甲州商事も越後実業も、優秀な幹部社員を、失っているんだ。それで、得をした人間は誰かを考えたほうがいいんじゃないか？」

「もう一つ、越後実業のことでききたいんだが、現在、小山田社長は入院中だ。もし、小山田社長が、亡くなると、甲州商事と同じように、後継者争いが、起こるだろうか？」

「今のままなら、起こるだろうね。年齢が三歳しか違わない雅男と雅之という、二人の子供がいるから、どちらを後継者にするかで、揉めるんじゃないかな。それを収拾しようとすれば、どうしても、無難な人事になってしまうから、甲州商事と同じように、不安がのこる」

と、大下が、いった。

「どうなれば、うまくいくと思う？」

「そうだな。時代を見ぬく、強烈な個性を持った社員が出てきて、その社員が、小山田社長亡きあとの越後実業を動かせば、越後実業は安泰になる」

「それで、それに見合う社員は、いるのか？」

「そうだな、ひとりだけ挙げるとなると、広報課長の、八代康介かな」

「そうか、八代康介か。実は、その男を、私も、マークしているんだ。越後実業でも、甲州商事と同じように、上杉謙信時代の武将の名前が、廊下に貼り出されていてね。そのなかで、一番の注目は、直江兼続といわれている。何しろ、上杉家を、明治維新まで持ちこたえさせた、その基礎を作った男だからね。その直江兼続のところに、八代康介という名前が、書きこんであったんだ。それで、私も気になって、マークしているんだが、君から見ても、八代康介という男は、そういう人物かね？」

「まあ、今の越後実業のなかでは、ぴかいちだろう。ただ、三十代の若さだし、課長だからね。果たして、これからの越後実業のカジ取りをやらせてもらえるかどうかは、まだわからない。となると、彼の上に立つ人間も問題になる」

と、大下は、いった。

4

その日の夜、入院中の小山田社長が、危篤に陥った。

病院側は急いで、二人の息子、雅男、三十三歳と、雅之、三十歳を呼んだが、夜が明けないうちに、小山田社長は、亡くなってしまった。

通夜の席には、二人の息子のほかに、親戚や五人の取締役が、集まった。その席で、常務取締役の田中雄一郎が、

「皆さんも、よくご存じのように、現在、越後実業は、危険な立場に、立たされています。この不景気で、業績も、マイナスになりました。その上、近江通商という大企業から、買収攻勢を受けています。一刻も早く新社長を発表し、経営陣を立て直して、明日からの経営に、当たらなければなりません。そこで、私から提案をさせていただきたい。皆さんの多数決で、二人の息子さんのうちのどちらを新社長にするか、この場で、決めていただきたいのですよ」

と、いった。

どうやら、常務取締役で、小山田家とは、親戚筋に当たる田中雄一郎は、すで

に、根回しをすませていたらしく、長男の雅男を新社長として推すべきだという声が、自然に、大きくなっていった。

その時、突然、次男の雅之が、立ちあがった。

「この問題は、多数決で決めるというよりも、亡くなった社長の意志を、尊重すべきではないかと思います」

と、雅之が、いう。

「小山田社長の意志といったって、社長は、もう、亡くなっているんですよ。それに、ここにいる人たちのなかで、小山田社長の気持ちを、きいている人間が、果たしていますか？ 入院中は、面会謝絶だったから、社長の意志を、誰も、きいていないんじゃないですか？」

不満そうに、田中が、いう。

「いや、ひとり、社長の意志をきいている者がいます」

「そんな人間がいますか？」

「最後に、社長を看取った、病院の院長ですよ。あの院長が、社長からきいたことを、ここで、発表してもらうべきだと思いますが」

と、雅之が、いった。

急遽、病院の院長が呼ばれた。

院長は、小沢《おざわ》といい、小山田社長とは、長年のつき合いだという。

小沢院長は、田中雄一郎の質問に答えて、こういった。

「小山田さんが、危篤状態に陥る直前、呼ばれたんですよ。そして、小山田さんは、私に、こういいました。私が死んだあとの会社のことが心配だ。息子が二人いて、どちらを新社長にするか、揉めるんじゃないか。そこで、院長のあなたに、頼んでおきたい。私は、次男の雅之を、後継者にしたい、と思っている。そういってから、小山田さんは、亡くなったんです」

「しかし、それは、あなたが、そういっているだけで、間違いなく、社長がそういったという証拠でも、あるんですか？」

田中が、疑わしそうな目で、小沢院長を見た。

小沢院長は、ポケットから、ボイスレコーダーを取り出した。

「こういうことは、あとになって、いった、いわなかった、きいた、きかなかったということになっても、困りますからね。私はすぐ、婦長にボイスレコーダーを持ってこさせて、改めて、小山田さんの意志を、きいたんですよ」

そういって、小沢院長は、ボイスレコーダーのスイッチを入れた。

〈「小山田さん、もう一度、さっきの言葉を、繰り返していただけませんか？」
「私は、私が死んだあとの会社のことが、心配だ。私には、二人の息子がいるが、私が死んだあと、どちらを社長にするかで、社内が揉めるに違いないので、私の気持ちをいっておく。私は、次男の雅之を、自分の後継者に据えたいと、思っている。確かに、年齢的には、雅男のほうが上だが、雅男は、大人しすぎる。雅之には決断力がある。今のような時代には、雅之に、社長になってもらいたいんだ」〉
「これが、その時に録音したもので、婦長も、そばにいて、きいていました。このボイスレコーダーも信用できないとおっしゃるのなら、婦長を呼んで、証言させて下さい」
と、小沢院長が、いった。

亡くなったあとも、小山田社長の影響力は、越後実業では、絶大である。

長男の雅男を後継者にすることに、傾きかけていた社内の空気が、病院長の証言と、ボイスレコーダーの録音によって、急遽、次男の雅之を後継者に推す空気に、変わってしまった。

5

小山田社長の告別式のあとで、正式な人事が発表された。新社長には、次男の小山田雅之がなった。

そのほか、取締役会議のメンバーは、変わらなかったが、一つだけ変わったのは、新社長になった雅之が、八代康介を、広報課長から秘書課長に、異動させたことだった。

八代康介は、新社長の秘書課長には、もっと有望な人をといって、初めは断ったが、再度、新社長の雅之が懇望すると、承知して、正式に、秘書課長に任用された。

雅之は、社長室の椅子に腰をおろすと、すぐ、秘書課長の八代を呼んだ。

「これから、私を助けてほしい」

と、いったあとで、

「君は、何か企んでいたんじゃないのか?」

「私は、まだ、三十代で、課長でしかありません。そんな私が、何を、企めるでしょうか?」

「父の最期の言葉だよ。通夜の席で、私と兄の雅男、どちらを新社長にするかで揉めた。その時に、私は、院長の言葉を思い出したんだ。父が、亡くなる寸前、院長を呼んで、最期に、自分の意志を、伝えたという、院長の言葉をね。院長にきてもらって、父が長男の雅男ではなくて、次男の私を、新社長に推していた、と証言してくれて、その上、ボイスレコーダーに父の声まで、録音してあったので、反対の声が消えて、私が新社長になった。今になってみると、どうもうまくできすぎている」

「できすぎているかもしれませんが、これは、事実ですよ。だから、あなたは、新社長になったんじゃありませんか」

「確かにそうだが、院長に、できれば、父の最期の意志をきけ、というように、君が勧めたんじゃないのかな? そんな気がして、仕方がないんだ」

雅之が、いうと、

「私は、何もしていませんよ」

と、八代は、いったあと、

「それよりも、緊急にしなければならないことがあるはずです」

「わかっている。近江通商の買収に、どうやって対処していくかだろう。しかし、株の売買は、別に、違法ではないから、どう防いだらいいのか、私には見当がつかない」

「甲州商事が、現在どうなっているかを見れば、どうすべきかが、はっきりすると思いますね」

と、八代が、いった。

「甲州商事が、危ないのか？」

「あそこには、久幸さんと徳明さんという二人の息子さんがいて、無難な久幸さんが、新社長になりました。その時に、今までなかった副社長というポストを作り、そこに、六十代の北原要という、関口社長と親しかった人間を、起用しています。ところが、この、北原副社長が、幹部会や重役会議を牛耳っているという噂なんです」

「しかし、今のところ、何も、きこえてこないが」

「だから、怖いんです。次男の徳明さんは、子会社の甲州トランスに追放されてしまっています。たぶん、北原副社長の意向でしょう。反対派は、これから、おそらく、不遇な目に遭わされるでしょう。それが、わかっているので、社内では、反対派の人たちが、密かに、新会社を設立しようとしているのです」

「新会社？　しかし、新会社を作るには、かなりの資金が、いるんじゃないのか？」

「だから、怖いんですよ。彼らが、どうやって、資金を作ると思います？」

「そうか、甲州商事の株を売るのか」

「そうです。反対派がいっせいに、自分の持っている甲州商事の株を、売ってしまう。それも、買収を仕かけてきている近江通商に売ってしまえば、甲州商事は、間違いなく、近江通商に乗っ取られてしまいます」

「うちの会社でも、その恐れがあるのか？」

「あなたが、新社長になったことについては、亡くなった、小山田社長の意志ということですから、反対の声は、あがってません」

「私に、反対する社員たちがいるとしてだが、その人たちを、厚遇したら、どうだろうか？　兄の雅男の側についている重役や社員も多いから、兄に副社長になってもらったらどうだろう？」

雅之が、いうと、八代は、

「そんなことをしたら、越後実業は、かえって、危なくなってしまいます」

「危なくなる？　どうしてだ？」

「いいですか、お兄さんの雅男さんを新社長にしたいと思っていた連中は、あなたが、お兄さんを副社長にしたら、そうか、副社長になれたのなら、社長にもなれると考えるに違いありません。何とかして、あなたを失脚させれば、副社長が、社長になる。そう考えて、何とかして、あなたを失脚させようとする者がでてきます」

「じゃあ、どうしたらいいんだ？」

「あなたが、多少のミスをしても、絶対に、社長の地位はゆるがない。そうしておけば、いいのです」

「むずかしいな」

「要は謙信公になればいいのです」

「謙信公？」

「それが難しければ、景勝になればいい。二人とも、小さなミスは、おかしていますが、家臣の尊敬は、終生、変わりませんでした」

「そうなるには、どうしたらいい？」

「私が、その空気を作りますから、社長は、なるべく、寡黙でいて下さい」

と、八代はいったあと、急に話題を変えて、

「来週中に、近江通商の滝川《たきがわ》社長に会いにいきましょう」

と、いった。

「滝川社長に会いにいく？　おい、馬鹿なことはいわないでくれ」

びっくりした顔で、雅之が、いった。

「うちも甲州商事と同じで、近江通商に買収されそうなんだ。そんな時に、近江通商に頭をさげにいけというのか？」

「いえ、頭をさげにいくのでは、ありません。堂々と向こうの社長に会って、越後実業の株は買うな、買ってもらっては困る、というんですよ」

「抗議しても、向こうは、びくともしないんじゃないのか？　どうしたって、株の売買は自由だからね」

「とにかく、向こうへいったら、私が何とかします」

八代は、自信を持って、いった。

6

近江通商の発祥の地は、近江八幡《おうみはちまん》である。つまり、近江商人の末裔《まつえい》なのだ。

近江通商の本社は、東京駅前の新丸ビルのなかにあった。

秘書課長の八代がアポを取って、午後に、新社長の小山田雅之と、近江通商の滝川社長に会いに出かけた。

滝川社長は、五十五歳。男盛りである。

自信満々の顔で、新社長の小山田雅之と秘書課長の八代康介を迎えた。

雅之は、丁寧に頭をさげたあと、

「新参者の私にとっては、近江通商の滝川社長は、事業の先輩でもあり、また、現代の英雄にも見えるのです。それで、いろいろと、ご指導を仰がなければならないと思い、ご挨拶に参った次第です」

と、いった。

滝川のほうは、

「いや、新社長就任おめでとう」

と、鷹揚《おうよう》にいってから、

「そばにいるのは、確か、八代さんという人じゃないのかね？」

「今度、秘書課長になってもらった八代君ですが、ご存じでしたか？」

「越後実業には、何人か、優秀な社員がいる。そのなかの筆頭は、八代という名前らしい。上杉謙信の時代でいえば、直江兼続ではないかと、噂で、きいたことがあってね」

滝川は、そういって、八代に、じっと目をやった。

「滝川社長のお耳にも、八代君の名前は、きこえていましたか？」

「ああ、きこえていたとも。その八代秘書課長を、連れてきたんだから、ただの挨拶というわけでは、ないだろう？　どうかね、腹を割って、今日きた理由を、話してくれないかね？」

と、滝川が、いった。

「そうですか。それなら、私も正直にお話ししますが」

と、雅之は、いった。

「社長になって、一番頭を悩ましているのは、近江通商による買収です。別に、大企業の、近江通商の傘下に入ること自体は、構わないのですが、いろいろと、心配する社員がおります。それで、おききするのですが、どの程度、真剣に、うちのような小さな会社を買収しようと、思っておられるのですか？」

滝川が、小さく笑って、

「小さな会社などと、とんでもない。越後実業も、一部上場の立派な企業じゃありませんか。それに、経営状態も、すこぶるいい。優秀な社員も、揃っている。だからこそ、越後実業が、ほしいんです」

「私が、耳にしたところでは、近江通商は、うちと、甲州商事の両方に、買収を働きかけているそうですね。二社を同時に買収するには、多大な資金が必要で、近江通商のような、大会社でも、そう簡単にはいかない、と思うのですが、その点は、どうなのですか？」

と、雅之が、きいた。

ここにくる間に、八代から、ぜひきいてくださいといわれていたことだった。

滝川は、また笑って、

「痛いところを、突くね。確かに、二社を同時に買収するのは難しい。しかし、私は、両方とも、ほしいんだよ。今回は越後実業と甲州商事のどちらかを、まず手に入れ、続いて、残ったほうを、手に入れようと思っている。そうだ、当事者にきいてみようかね。どちらを先に、買収したらいいと思うかね？」

滝川は、意地悪く、きいた。

雅之が黙っていると、

「それでは、直江兼続の、八代課長に答えてもらおうか。君は、どう思うね？」

と、きいた。

「私が客観的に見たところ、越後実業の買収は、難しいと、思いますね」

と、八代は、いった。

「その理由を、ききたいものだ」

「この席では、申しあげられません。できれば、場所を変えて、正直なところを申しあげたいと思いますが、いかがですか？」

「わかった。それでは、私がよくいく、新橋の料亭に、席を移そうじゃないか」

と、滝川が、応じた。

7

新橋の〈古今亭〉という料亭に、席を移した。滝川は、秘書をひとりだけ連れてきている。

そこで、酒が振る舞われ、そのあとで、

「そろそろ、君の意見を、きこうじゃないか」

滝川は、改まった口調で、八代に、いった。

「何分にも内密な話なので、申しわけありませんが、秘書の方は廊下に、出ていただけませんか？」

八代は、じっと、滝川の目を見つめた。

「いいだろう」

そういうと、滝川は、秘書に部屋を出るよう命じた。

「近江通商による株の買い占めですが、現在、越後実業の場合は、まだ、八パーセントまでしか進んでいません。それに比べて、甲州商事のほうは、後継者問題のごたごたもあってか、現在は十五パーセント近く、進んでいます。そういう状況で、今から、方向転換をして、越後実業の買収に力を入れようとしても、できないんじゃありませんか？」

と、八代が、いった。

「そんなことはない。私が、越後実業のほうを気に入れば、喜んで方向転換をして、越後実業の株の買い占めに専念するよ。資金が足りなければ、今まで購入した、甲州商事の株を、売ってしまったっていいんだ」

滝川が、また、脅かす。

八代は、苦笑していたが、

「もう一つ、私が、調べたことをお話ししましょう。うちの社員で、将来、会社の幹部になれる、と思われていた後藤伸幸という広報課長が、先日、殺されました。小山田社長が、今でも存命ならば、社員のなかで、一番信用していたのは、彼のはずで、将来は、取締役に抜擢されて、小山田社長と、二人三脚で、越後実業を育てていくのではないかと思われていたほどの人物でしたが……」

「そのことは、私もきいている。犯人は、ライバル会社の、甲州商事の人間らしいじゃないか？」

「それは、絶対に、あり得ません」

八代は、言下に、否定した。

「どうしてかね？　ライバル会社の力を弱めようとして、将来有望な社員を、殺すことは、あり得ないことじゃない」

「うちの小山田社長は、上杉謙信を尊敬し、甲州商事の関口社長は、武田信玄を尊敬していました。武田信玄が、息子の勝頼に向かって、もし、自分が亡くなったあと、何か、困ることがあったら、上杉謙信を、頼っていけ、謙信ならば、絶対にお前を守ってくれる、といった話は、有名です。それだけ、武田信玄が、上杉謙信を尊敬していたことになります。小山田社長と関口社長の場合も、それに、似ています。ですから、ライバルではありますが、ライバル会社の社員を、殺すようなことは、絶対にしませんね」

「そうすると、君は誰がその後藤伸幸広報課長を、殺したと思っているのかね？」

「これはあくまでも、私の勝手な推測ですが、一つ、気がついたことがあります。それは、後藤課長が、殺された頃、すでに、近江通商は、うちの会社と甲州商事の買収に、取りかかっていたということです。うちを買収するのに、一番邪魔になるのは、小山田社長と、今いった、後藤伸幸広報課長だった、と思うのですよ。ともに強気で、経営の才能があり、買収には絶対に負けないだろう二人ですからね。その片方がいなくなってしまえば、買収はスムーズにできるのではないのか？　小山田社長も、信頼していた後藤伸幸広報課長が亡くなれば、がっくりきて体を壊すのではないか？　そこまで近江通商は、考えていただろうと、私は思うのです。面白いことに、その頃、甲州商事でも、優秀な社員の三村正樹秘書課長が、殺されています。この三村正樹秘書課長も、関口社長の信頼が厚く、二人でコンビを組めば、どんな買収劇にも、対抗できたでしょう。それで、近江通商は、買収劇が公になる前に、邪魔になる後藤伸幸広報課長と三村正樹秘書課長を、殺してしまった。私は、そう考え、この件の調査を、私立探偵五人を雇ってやらせています」

「調べたことを、君は、公にするつもりかね？」

「いや、その気はありません。まだ、証拠のあることでもありませんから」

滝川の顔色が、変わっていた。

8

その日、会社に帰ってから、雅之は、八代にきいた。

「滝川社長の態度が、急に変わってしまったのには、驚いたよ。あの殺人事件は、容疑者すら、浮かんでいないんだろう？」

「そうですが、私が見たところ、犯人は、近江通商の人間です」

八代が、いうと、雅之は、びっくりした顔になって、

「君は、何か証拠を摑んだのか？」

「いえ、はっきりとした証拠があるわけではないので、ただ、匂わせておきました。証拠はなくても、一番動機を持っているのは、近江通商です」

「近江通商を脅かしたりして、大丈夫なのか？」

「ああいう大会社の社長というのは、頭をさげてばかりいると、こちらを甘く見て、馬鹿にします。たまに強く出ておけば、向こうも、ずかずかと、土足で踏みこんでくるようなことはやめるはずです」

「これから、どうしたらいい？」

「とにかく、会社の新体制の基礎をしっかりとさせることです。しなければならないことは二つあります。一つは、お兄さんの雅男さんを、まず、何とかしなければなりません」

「君は、甲州商事の新社長になった久幸さんが、徳明さんを、子会社に追い出し

たことを、間違っているといったばかりじゃないか？」

「ですから、そういう、間違ったことをするつもりはありません」

「では、もう一つは？」

「これから布石を打ってみようと思っています。それが、果たして、効果を、あげるかどうかはわからないので、まだ、申しあげられませんが」

と、八代は、いった。

「一つききたいことがある」

「何でしょうか？」

「五人の私立探偵を雇って、近江通商のことを調べていると、滝川社長を脅したが、口から出まかせなんだろう？」

「いえ。本当です。もちろん、会社の金は使わず、私のポケットマネーで、五人の私立探偵を雇っています」

9

捜査本部に、匿名の手紙が届いた。

差出人の名前はなく、なかの紙には、パソコンで打たれた文字が並んでいる。

〈先日、越後実業の後藤広報課長が殺されました。あれは間違いなく、当時から越後実業、甲州商事の株の買収に、密かに取りかかっていた近江通商が、邪魔になる後藤広報課長を殺したものと、考えられます。

越後実業で、最も力があり、買収の邪魔になるだろうと思われている社員、後藤広報課長を殺し、後藤広報課長を信頼していた小山田社長を、精神的に落ちこませようという意図が、あったものと思われます。

ぜひ、この線で捜査していただきたいと思います〉

「この手紙をどう思うね？」

十津川は、亀井に、意見を求めた。

「確かに、納得させられるものがあります。当時から、近江通商が、越後実業の買収に、取りかかっていたとすれば、邪魔になる、越後実業の有力社員を殺し、一番の反対者、小山田社長の意気を、消沈させる。そういう手段に訴えたことは、充分に考えられますから」

「しかしだね、ここには、越後実業のことは書いてあるが、甲州商事のことは、たったひと言しか書かれていないんだ。この手紙の主は、おそらく、越後実業側の人間だろう。その目的は何だろう？」

「われわれに、近江通商を調べさせようというんじゃありませんか？」

「近江通商の犯行だという証拠は、何一つないんだぞ」

「しかし、警察が動けば、それが、近江通商にとって圧力になります」

亀井が、いった。

「なるほどね。越後実業は今、近江通商に買収されようとしている。そんな時、警察が動けば、確かに、近江通商に対する圧力にはなるな」

十津川は、うなずいた。

第七章　乱世を楽しむ

1

「先日の重役会議のことですが」

ある日、八代康介が、新社長の小山田雅之に、いった。

雅之は、にっこりして、

「私が新社長になって、初めての重役会議なので、心配していたのだが、和気あいあいとした雰囲気で、ほっとしたよ」

「あの重役会議は、失敗でした」

八代は、冷たい口調で、いった。

若い新社長は、思わず、むっとした顔になって、

「どこが失敗だったのかね？」

「新社長としての、あなたの態度が、いけませんでした」

「私の態度？　どこがいけなかったのか、よく、わからないが」

「今から一年間、あなたは、簡単に、笑ってはいけません」

「わからんな。どうして、社員に対して、優しくしては、いけないんだ？」

「おもねるのと、優しくするのとは、違います。今、越後実業は、近江通商から、買収攻勢をかけられています。社員は動揺し、あなたの顔色を見ています。こんな時に、社員のご機嫌をとるようなことをすると、逆に社員は心配になってくるのです。何か弱味があるのではないかと疑いますから。だから、厳しくするほうがいいのです。昔、上杉謙信が、亡くなると、上杉景勝が、二十代の若さで、後継者になりました。その後の上杉といえば、天下分け目の関ヶ原で、西軍についたために、百二十万石が、わずか三十万石に減らされました。その苦しい時に、景勝は、家臣に対して、厳格で口数少なく、近づきにくいという印象を、与えています」

「その上、笑わなかったのか？」

「そうです。景勝の、笑った顔を見たことがないと、いわれましたが、生涯に一度だけ笑ったことがありました。ある時、景勝が飼っていた猿が、景勝の頭巾を取って庭の樹に登った。猿は、枝に腰かけ、その頭巾をかぶり、手を合わせて、景勝にお辞儀をしたので、景勝は、思わず、笑ってしまったといわれます。笑ったのは、この時だけだそうです」

「一生に、一度しか笑わないというのは、難しいね」

「一生ではなく、一年間でいいのです」

「なぜ、一年間なんだ？」

「今、わが越後実業の最大の敵は、近江通商です」

「それは、わかっている」

「近江通商の滝川社長は、織田信長に似ています。現代の成功者ですが、ワンマンで、傲慢《ごうまん》で、何もかも、力ずくで、自分の意のままになると思っています。自分を過信しすぎるのが、最大の欠点です」

「しかし、近江通商は、わが社に比べて巨大すぎる。まともに戦って、勝てる相手じゃないだろう」

「別に、まともに戦う必要はありません」

「しかし向こうが、正面からぶつかってきたら、戦わざるを得ないだろう」

「上杉謙信が亡くなり、景勝と直江兼続が、その跡を継いだ時、その時を待っていたように、織田の大軍が、越後に攻めこんできました。上杉方の城は、たちまち包囲され、落城寸前までいきましたが、ある日、突然、織田勢が、退却を始めたのです。京都にいた信長が、明智光秀の謀反にあって、殺されたのです」

「君は、そんな奇跡が今回も起こると思っているのか？」

「織田信長が、明智光秀に殺されたのは、奇跡ではありません。信長自身のなかに、原因があったと、私は、思っています」

「どんな原因だ？」

「天下布武。つまり、武力で天下を統一すると考えた独善と、おごりです」

「近江通商の滝川社長と、信長は、そんなによく似ていると思うか？」

「その考え方、傲慢さ、自信過剰なところが、よく似ていると思います。今のままなら、一年以内に、近江通商は、自壊するとみています」

「それを、黙って見ていればいいのか？」

「いえ、自壊に導く工作が、必要です」

「どんな工作だ」

「正義という名前の工作です」

「よくわからんな」

「とにかく、あなたは、一年間、笑わずにいて下さればいいのです」

と、八代は、いった。

「そんなこと、無理だといったら、どうなるのかね？」

「間違いなく、越後実業は、なくなります」

「怖いな」

「そうです。怖いです」

「お願いします」

「わかった」

「なんですか？」

「しかし、心配なことが、一つある」

「兄の雅男のことだ。結局、副社長にしたが、副社長は、優しいし、話がわかるといって、社員たちに評判がいい。このまま、雅男の評判が、高くなれば、私のいうことより、雅男のいうことをきくようになるのではないか？」

「いいえ、それは、ありません。おそらく、副社長は、このままでいけば、会社を、追放されることになります」

「追放? どうしてだ?」

「先日、社長と私は、近江通商の滝川社長に会いました。挑戦状を叩きつけ、私は少しばかり、滝川社長を、脅かしました」

「確かに、君は脅かしたな。あの時は、はらはらしたぞ」

「滝川社長は、おそらく、こう考えたに、違いないのです。新社長は、懐柔できない。それなら、越後実業の弱い部分に、穴を開けようと。その点、副社長は、社員に対して、やたらに、愛想がいい。滝川社長のような男から見れば、副社長の優しさは、弱さに見えます。当然、副社長に、罠を仕かけてくるに、違いありません。副社長のあの弱さでは、近江通商に、取りこまれる心配があります」

「何か、手を打つ必要があるな」

「すでに、手は打ってあります」

と、八代は、いった。

2

一週間後の重役会議。先代の小山田社長が亡くなってから、重役の顔触れも、すっかり変わって、ずいぶん若返っている。

この会議には、新社長の小山田雅之と、副社長の雅男、それに、秘書課長の八代康介も出席した。

議題は、近江通商による、買収問題だった。重役のひとりが、こう提案した。

「近江通商は、われわれ越後実業に比べれば、はるかに、大きな企業です。このまま、近江通商の買収に対して、拒否ばかりをしていたら、どんな攻勢をかけられるか、わかりません。ここはひとまず妥協して、近江通商の傘下に入る。その代わり、越後実業の名前は残す。もちろん、新社長の雅之さんは、そのまま社長として残る。こういった妥協案を、こちらから、提案したらいいのではないでしょうか？　そうすれば、近江通商も無理な要求は、してこないと思いますが？」

「駄目だ」

社長の雅之が、一言の下に、はねつけた。

「しかし、社長、私の意見に賛成の者も、いるんですよ」

「そうした、敗北主義者には、重役の地位から退いてもらう」

厳しい表情で、雅之が、いった。

副社長の雅男が、笑顔で、社長の雅之に向かって、

「社長のように、独裁的に意見を封じるのは、どうかと思いますね。重役たちの意見も、ちゃんときいたほうが、いいんじゃありませんか？」

「駄目だ」

「どうしてですか？　私は、副社長ですよ。社長のあなたを、補佐する立場にある。私の意見も、きいてくださいよ」

「きく必要はない」

「どうしてですか？」

と、また雅男が、きいた。

「それは、あなたが、近江通商に、この会社を、売ろうとしているからですよ」

秘書課長の八代が、横から、いった。

「何を、馬鹿なことをいってるんだ」

「では、これを、きいてください」

八代は、ポケットからボイスレコーダーを取り出し、再生スイッチを、入れた。

男二人の電話の会話を録音したものだった。

「先日の新橋での会食は、楽しかった。あなたに会って、大いに力づけられた」

その声の主は、明らかに、近江通商の社長、滝川だった。

その滝川と、話している声は、越後実業の副社長、雅男のものだった。

滝川社長が、続ける。

「それで、今日は、電話では失礼ですが、細かい打ち合わせをしようと、思いましてね」

「喜んで、ご協力しますよ。どうぞ、話してください」

「私の会社は、お宅の会社の株を、すでに八パーセント、手に入れています。これが十八パーセントまでいけば、わが社が、越後実業で、発言力を持つことになります。ぜひ、その状況を作りたい。あなたは、社内で人気がある。だから、重役のなかで大株主を見つけ出して、その方に協力してもらえるよう説得していただきたいのです」

「大丈夫ですよ。重役のなかにも、私に、賛成してくれる人間が、何人もいますからね。あなたが、目標を達成するのは、簡単です」

「そうなれば、私は、新しい越後実業を、作ります。まず、今の社長を馘にして、あなたを、社長にする。買収に、力を貸してくれた重役たちは、新会社でも重役として重用する。反対した重役たちは、社長と同じく馘にする。それで、いいですか？」

「越後実業は、新しく生まれ変わるんでしょうね？」

「そうですよ。生まれ変わるんです。あなたが社長だ。それは、保証します」

「了解しました」

「では、先日と同じ料亭で会って、覚書を、交わしましょう」

ボイスレコーダーが、止まると、急に、会議室の空気が重くなった。

副社長の雅男は、顔を赤くして、

「君は、私の部屋の電話を盗聴したのか？」

と、八代を睨んだ。

八代は、それには答えず、

「この会話は、間違いなく、あなたと近江通商の滝川社長が、交わしたものですね？　この録音を、全社員にきかせましょうか？」

雅男は下を向き、黙って、体を震わせている。

今度は、社長の雅之が、兄に向かって、

「今から一時間以内に、辞表を書いて、提出したまえ。近江通商の買収に、賛成した重役たちの名前も、わかっている。二人いる。その二人も、すぐ私に、辞表を提出しなさい。これで、今日の重役会議は終わりだ」

3

捜査本部に、私立探偵の橋本豊が訪ねてきた。

「今日は、何の用だ？」

十津川が、きく。

「理由をきかずに、この写真の男のことを調べてくれませんかね？　名前は砂川《すながわ》吾郎《ごろう》。住所は、写真の裏に書いてあります」

と、橋本が、いう。

橋本が渡した写真には、三十五、六歳と思われる男が写っていた。写真の裏には、足立《あだち》区北千住《きたせんじゅ》のマンションの住所と部屋番号が書いてあった。

「何者だ？」

「甲州商事と越後実業の社員が、相次いで、殺されました。警部は、この事件の捜査をしておられるんでしょう？」

「この写真の男が、二つの殺人事件の容疑者ということか？」

「証拠はありませんが、関係している疑いは、充分にあります」

「この男が、疑わしい点は、どういうところだ？」

「今から五年前の話ですが、近江通商は、松本亮《まつもとあきら》という、当時六十歳の総会屋と関係していました。この総会屋は警察に逮捕され、二年間、刑務所に入っていましたが、出所し、最近また、近江通商と関係を持っています。近江通商の、滝川社長の使っている個人秘書に、新井弘志《あらいひろし》という男がいます。総会屋の松本亮は、この新井弘志と、親しいのです。そして、その砂川吾郎ですが、松本亮の下で、働いていたことがあります。おそらく今も、両者の関係は、続いていると思いますね」

それだけいうと、橋本は、

「これで失礼します」

と、話を終えようとした。

「ちょっと待て。一つだけ、ききたいのだが、君は、どうして、こんなことを、調べているんだ？」

「申しわけありませんが、それには、お答えできません」

「こちらが、得た情報によると、越後実業の秘書課長、八代康介は、二つの殺人は、近江通商の人間が、やったのではないかと、滝川社長に面と向かっていったらしい。八代は、現在五人の私立探偵を雇って、その件を調べているらしい。ひょっとすると、君は、その五人のうちのひとりじゃないのか？」

「それも、お答えできません」

「じゃあ、ほかのことを、きこう。現在、越後実業と甲州商事は、近江通商の買収攻勢を受けている。この二つの会社は、今、どんな具合になっているんだ？」

「越後実業のほうは、大丈夫です」

「理由は？」

「新社長と秘書課長の八代康介のコンビが、非常に、うまくいっています。社員たちの信頼も集めてきていますしね」

「先日、副社長と重役二人が、辞表を書いて、越後実業をやめているが、これも、新社長と秘書課長が、会社のなかで、しっかりした地位を築いていることの証拠なのかね？」

「そう見ていいと思います。現在、近江通商が、越後実業の株の八パーセントを所有していますが、これも近江通商のほうが放棄して、越後実業が、いずれ、買い戻すものと思われます」

「甲州商事のほうは、どうなんだ？」

「こちらは、危ないです」

「その理由は？」

「理由は、越後実業と反対の方向に、会社が進んでいるからです。新社長は、社員に対して優しくて、物わかりがいいといわれています。しかし、裏を返すと、これは、妥協しているということです。これでは、会社を強くはできません。また、社長が、新しくなったのに、依然として、昔の古い幹部社員を重用して、若い気鋭の社員を退けてしまっています。これでは、近江通商の思いのままになってしまうでしょう。古い幹部社員たちは、自社の株をかなり大量に持っています し、闘争心がありません。早く売り払って、楽な生活を送ろうと思っていますから、必ず、近江通商に、自分の持っている株を売ってしまいますよ。優しい新社長には、それを防ぐ力はありません」

「甲州商事の新社長は、関口久幸だったな？」

「そうです」

「関口徳明は？」

「子会社に追われたままです」

「以前、私は、その関口徳明に会ったんだ。その時、徳明は、ぜひともほしい信頼できる部下として、計画部の清川隆志という、男の名を挙げた。徳明にいわせると、この清川という男は、武田の武将でいえば、真田昌幸だと、いうことだった。今、この男はどうしている?」

「徳明と親しい社員の存在は、新社長の関口久幸や、古い重役にとっては、煙たいだけです。その上、清川という人は、皮肉屋で、ずけずけと新社長のやり方を批判したので、左遷されてしまいました」

「左遷か?」

「そうです。結局、嫌気がさした清川は、甲州商事をやめました。故郷へ帰って、農業をやるそうです」

「逃げたのか」

十津川がいうと、橋本は、笑って、

「ただ逃げたわけではありません」

「何か残したのか?」

「清川には、甲州商事に、親しかった男がいました。資材部長の阿部健太郎という人間です」

「その名前も、きいたことがある」

「清川は、会社を去るとき、くれぐれも、あとを頼むといったそうです」

「つまり、真田昌幸の名前を、ゆずってやったというわけだな?」

「そうなりますね」

「これから、甲州商事は、どうなると思うかね?」

「たぶん、近江通商に、食い荒らされるでしょうね」

4

橋本豊の言葉は、その後、的中した。

甲州商事の重役たちが、次々に、会社をやめていったのである。

彼らは、新社長の関口久幸が、父の代からの幹部社員を信用して、登用した重役たちだった。

その重役たちが、この期に及んで、久幸を裏切ったのである。

久幸の弱さ、優しさでは、この難しい時代に生き残ることはできない。そう考えて、逃げ出したのである。

しかも、彼らは、自分の持っていた、甲州商事の株を、全部売り払っていった。売った相手は、間もなく、近江通商であることがわかった。

なぜなら、近江通商の持っている、甲州商事の株が、急に、二十パーセントを超えたからである。

二十パーセントを超える株を手に入れた近江通商は、甲州商事に対して、二つのことを要求してきた。

一つは、今の社長を、会長にし、新しい社長には、近江通商の人間を、起用すること。

二つ目は、甲州商事の名前を甲州通商にすること。

この二つである。

さすがに、社長の関口久幸は、それを、受け入れることを拒否して、重役会議にかけると、返事をした。

関口久幸は、すぐ、重役会議を招集した。

だが、逆に、残った重役たちから、関口社長は、追放されてしまったのである。

「見事に、近江通商は、甲州商事を、傘下に収めてしまいましたよ」

亀井が、十津川に、いった。

「社名も、変わったらしいな」

「そうです。近江通商の甲州支店です。支店長はもちろん、近江通商の人間です」

「子会社でなく、支店に……」

「しかし、甲州商事の人間が全員、唯々諾々と、近江通商にしたがったわけではありません。百五十人が、新しい会社を、作りました。会社の名前は、新甲州商事です」

「社長は？」

「甲州商事の子会社に追いやられていた、関口徳明です。副社長は、元資材部長の阿部健太郎です」

と、亀井が、いった。

黙って、亀井の話をきいていた十津川が、笑みを浮かべて、

「阿部健太郎といえば、確か、新しい真田昌幸だったな？」

「そうです。小さい会社ですが、今度は、近江通商には、買収されないでしょう。何しろ、社員の数は少なくても、しっかり、団結していますから」

と、亀井が、いった。

5

十津川たちは、砂川吾郎という、三十六歳の男を、容疑者として、追いかけることになった。

まず、砂川の住居である北千住のマンションを、洗ってみた。

北千住駅近くの、マンションの五階、五〇三号室である。

一週間前から、砂川吾郎は、帰ってきていないと、管理人が、十津川に、いった。

「砂川吾郎には、奥さんや、子供はいましたか?」

「いや。家族は、いませんね。ただ、若い、ちょっと綺麗な女の人が、時々、訪ねてきていましたよ」

管理人が、いった。

十津川は、その女の似顔絵を、作ることにした。

管理人は、刑事の質問に答えながら、

「着物姿のことが、多かったから、水商売の女じゃありませんかね？　いかにも、という感じでした」

「その女性の名前は、わかりますか？　砂川吾郎は、彼女のことを、何と、呼んでいましたか？」

「確か、あきと、呼んでいたような気がします。どんな字を書くのかはわかりませんけど」

と、管理人が、いった。

捜査本部に、女の似顔絵が、砂川吾郎の写真と並べて、貼り出された。

次に、十津川が、訪ねたのは、麹町《こうじまち》の雑居ビルのなかにある、総会屋、松本亮、六十五歳の事務所だった。

二年間の刑務所生活を、送ったにしては、事務所の部屋は、大きかったし、三人も人を使っていた。

「松本さんは、砂川吾郎という男をご存じですね？」

十津川は、いきなり、切り出した。

「すながわ？　どんな字を、書くんですかね？」

「この男です。あなたのところで働いていた男ですよ」

と、十津川が、いった。

「しってはいますが」

「今、この男に殺人の容疑が、かかっているんですよ」

「そうですか、やっぱり、そんなことを、やっていましたか。実は、私も危ない男だと思いましてね。一カ月前に、馘にしたんですよ。今、どこで、何をしているのか、まったく、わかりません」

と、松本亮が、いった。

「一カ月前に、馘にしたんですか？」

「ええ、そうです。とにかく、危なっかしいんでね」

「実は、一カ月以上前、二人の人間が、相次いで殺されています。砂川吾郎が、ここで働いていた頃の事件ですよ」

十津川が、いうと、松本は、しまったという顔になって、

「いずれにしても、私のしらんこと、関係のないことだ」

「その頃、砂川吾郎は、ここで、どんな仕事を、やっていたんですか？」

「そうですね。いろいろと雑用をやってもらっていたかな」

「その雑用のなかには、殺人も入るんですかね？」

「君は、私に、因縁をつけるのかね?」

松本が、十津川を睨んだ。声が、大きくなる。

「松本さんは、近江通商という会社と関係がありますね? 確か、近江通商に頼まれて、脅迫まがいのことをして、二年間、刑務所に入っていたんじゃありませんか?」

「もう、終わった話ですよ。私には関係ない。近江通商とは、きれいさっぱり縁を切った」

「ところが、まだ、繋がっているという噂があるんですよ。近江通商の滝川社長、その個人秘書に、新井弘志という人がいる。その人とは、まだ、つき合いがあるんじゃありませんか?」

「そんな名前、しりませんね」

「そうですか。砂川吾郎が、連絡をしてきたら、すぐに、しらせてください。もし、しらせてこないと、あなたを殺人の共犯で逮捕することになりますよ」

と、十津川は、脅かした。

6

八代が、社長の小山田雅之に、いった。

「間もなく八月です」

「そんなことは、わかっている」

「八月に入ったら、甲州商事と川中島合戦をやる。盛大に、お祭りをするという約束を、お忘れになっているんじゃありませんか？」

「もちろん、約束は覚えているが、肝心の甲州商事が、近江通商の支店になってしまったじゃないか。前社長の関口久幸さんも、現在のところ、行方不明になっている」

「しかし、新甲州商事は健在ですよ。社長の関口徳明さんも健在です」

「しかし、社員百五十人の小さな会社になってしまっている。こちらが、大々的に、川中島合戦をやろうといえば、困ってしまうのではないのかね？」

「そんなことはありません。こういう時ほど、約束は、守るべきです」

「約束か」

「こんな話があります。関ヶ原で、東軍と西軍が、戦った時、上杉景勝と、直江兼続は、石田三成との約束を守り、西軍に味方し、家康側の最上義光《もがみよしあき》と、伊達政宗に、戦を仕かけました。兼続は、二万四千の兵を率いて、まず、最上義光の長《は》谷《せ》堂《どう》城《じょう》を包囲しますが、その時、主君の上杉景勝から、書状が届きます。その書状には、石田三成が西軍を率いて、家康の東軍と、対戦していたが、戦いに敗れて、逃亡した、よって、そちらも、城攻めをやめて、早々に帰れ、とあったのです。主君の命令ですから、城攻めを中止して、国に帰らなければならない。しかし、ここで兼続は、考えました。今、城攻めをやめて、退却すれば、あとに、直江兼続は、力が足らずに退却したといって、物笑いのたねにされてしまう。だから、もう一度、総攻撃をやり、決着をつけてから帰国しよう。兼続は、一通の書状を書き、それを敵方に渡すよう使者に持たせました。『当月十五日、関ヶ原で石田三成軍が敗北したので、早々に、帰国するよう、主人景勝から指示がありました。明日、兵をまとめて帰国いたしますが、弓を取る者の作法として、ここは、改めて総攻撃をおこない、雌雄を、決したく思います。勝敗は時の運ではありますが、よろしく、そちらも準備を怠りなくお願いいたします』書状には、そう書いてあったのです。その書状を受け取って、城主の志村《しむら》伊豆守《いずのかみ》は、もっともな申し出だと、快諾して、使者を、丁重に送り返しましたが、そのあとで、城を守る兵士たちに、こう話しました。直江兼続は、武勇の侍ゆえ、本来隠すべきことを隠さず、尋常に、総攻撃する旨を伝えてきた。しかし、わが軍は、決して手を出してはならない。攻撃に備えはするが、余の命令がない限り、弓、鉄砲をみだりに、撃ってはならない。翌日の早朝、直江兼続は、総攻撃を、開始しました。城の四方から、攻撃を仕かけたのですが、城内からは、まったく反応が、ありません。仕方なく、直江兼続は、城の包囲を解き、軍勢を、退却させました。今から考えれば、馬鹿馬鹿しい、意地の張り合いですが、男と男の約束というものは、こうでなければなりません。ですから、あなたから、新甲州商事の社長、関口徳明さんに、約束どおり、川中島合戦をやりたいという手紙を書いてくださ い。私は、向こうの副社長、阿部健太郎に、手紙を書きます」

八代は、熱っぽく、いった。

まず、小山田雅之が関口徳明宛てに、手紙を書いた。

〈以前、弊社と貴社とで、川中島において、川中島合戦の祭りをおこなうことを約束しました。

その後、弊社も貴社も、さまざまな苦難に遭いました。

そちらが、この祭りを遠慮したいということであれば、こちらは、それでも結構です。

しかし、もし、約束どおり、祭りをやろうということであれば、こちらは、喜んで応じますので、お返事を、いただきたい。

祭りがおこなわれた時には、正々堂々、全力を尽くして、楽しみましょう〉

手紙の宛て名は、武田勝頼様こと関口徳明様と書き、差出人のところには、上杉景勝こと小山田雅之と書いた。

秘書課長の八代康介も、新甲州商事の副社長、阿部健太郎に宛て、手紙を書いた。

〈あなたが、新社長に関口徳明様をいただき、会社の再建に尽力されていることに、敬意を表します。

あなたの才能と、社員全員の協力があれば、間違いなく、甲州商事は再建されます。あなたには、それだけの才能がある。

間もなく、八月に入ります。

わが社の社長、小山田雅之が、いいますには、父の時代、御社と、盛大に川中島合戦の祭りをしようと、約束しており、ぜひ、その約束を守りたいとのことです。

そちらに、支障がないのであれば、この際、正々堂々と、川中島で、雌雄を決しませんか？

こちらは手心は、加えませんし、そちらも、一切、遠慮はしないでいただきたい。それが、今後の両社の発展に、繋がっていくものと信じます。

それでは、お返事を、楽しみにお待ちしております〉

表には、真田昌幸様こと阿部健太郎様と記し、差出人のところには、直江兼続こと八代康介と書いた。

7

この祭り、川中島合戦のことは、週刊誌が、取りあげた。

上杉謙信と武田信玄は、前後五回、川中島で戦っているが、そのなかで、最も激しい戦いは、第四回の、川中島合戦である。

八月中旬から、両軍が、越後と甲斐から出陣し、川中島で相対し、戦いが開始されたのが、九月九日である。

越後実業と、新甲州商事との川中島合戦は、結局、九月九日の一日だけとなった。

これを報じた週刊誌の見出しには、

〈戦国時代に倣って、今回も上杉から武田に塩が送られるか?〉

と、書かれていた。

戦国時代、日本海に面した越後では、海の塩を採ることができたが、甲斐には、海がないので、塩が採れなかった。

そこで、上杉謙信が、武田信玄に塩を送ったという有名な話がある。

週刊誌が、伝えたところでは、今回、越後実業が新甲州商事に対して、九月九日、前社長同士で交わした約束どおり、川中島で、盛大に川中島合戦をやろうと、申し入れたところ、新甲州商事が快諾した。

しかし、新甲州商事のほうは、甲州商事の時に比べて、六分の一に、社員の数が減ってしまっている。

経営状態も苦しい。そこで、越後実業のほうから、祭りにかかる費用の援助をしたいという申し入れがあった。現金では、失礼だから、祭りに使う衣装と、小道具を贈ることになった。

この祭りに際し、越後実業では、総大将の上杉謙信と、上杉の十五将が、新甲州商事では、総大将の武田信玄以下、武田十五将がそれぞれ決められ、それに足軽たちが参加して、五十人ずつの人数を、送り出すことになっているのだが、その衣装、鎧、刀、兜などを、越後実業側が一括して作ろうというのである。

その申し入れが、越後実業の社長、小山田雅之からあり、新甲州商事の社長、関口徳明が快諾した。

その快諾の返事のなかには、

「援助は、かたじけないが、そのことによって、当方は、手心を加えぬ。覚悟しておいていただきたい」

と、あった。

8

越後実業と、新甲州商事の社員たちが使う、兜、鎧、太刀、槍などが、できあがった。前日の、九月八日。仕事が終わったあと、越後実業と、新甲州商事では、社員たちがそれぞれの甲冑、刀、槍、あるいは、弓を持って東京を出発し、長野県の、川中島に向かった。

週刊誌の記者が、その列車に同乗して、記事を書いている。

翌九月九日、川中島を挟んで、両軍が対峙するわけだが、東京のテレビ局が、その模様を放映することになった。

祭りに参加するのは、五十名ずつである。

双方、十五将の名前を書いた名簿は、三日前に、交換していた。

八代は、列車のなかで、武田十五将の名前に目を通した。

高坂昌信　(三村正樹→安藤大介《あんどうだいすけ》)

小幡昌盛　(剣崎吾郎《けんざきごろう》)

小山田信茂（井上信太郎《いのうえしんたろう》）
小山田昌行（井上伸行《のぶゆき》）
馬場信春（池上《いけがみ》要《かなめ》）
飯富虎昌（藤岡《ふじおか》信《まこと》）
甘利昌忠（森《もり》克也《かつや》）
小幡信貞（石井《いしい》洋介《ようすけ》）
真田昌幸（清川隆志↓阿部健太郎）
芦田信守（鈴木《すずき》望《のぞみ》）
相木昌朝（畑野《はたの》春樹《はるき》）
武田信廉↓山本勘助（川崎《かわさき》優《すぐる》）
武藤昌幸（渡辺《わたなべ》紀一郎《きいちろう》）
保科正俊（岡田《おかだ》広行《ひろゆき》）
山県昌景（小林《こばやし》俊介《しゅんすけ》）

このリストには、但し書きがついていた。

〈この社員の名前は、最初に決めた時とまったく同じです。亡くなった三村正樹と、故郷へ帰ってしまった清川隆志の二人は、別の社員に代わりましたが、あとの十三人は、代わっていません。新甲州商事を、立ちあげた時、リストの全員が参加してくれた感動は、忘れられません。この時、新会社は、必ず成功するという確信を持ちました。

ただ、武田信廉役の川崎優が、どうしても、山本勘助をやりたいといっていいます。このわがままは、許して下さい。何しろ、川崎は若いので『風林火山』の映画を見て、山本勘助に、あこがれてしまったのです。

真田昌幸こと阿部健太郎〉

合戦の場所、川中島に着くと、川の両岸に、それぞれテントを張って、上杉勢と武田勢は、朝まで、眠ることになった。

足軽役は馬には乗らないが、上杉謙信と武田信玄、それに、十五人ずつの上杉と武田の武将たちは、馬に乗ることになっている。その馬は、現地で調達し、すでに訓練がおこなわれていた。

夜が明けると、直江兼続役の八代康介は、最初に目を覚まし、テントを出ると、空を見あげた。台風十一号が九州《きゅうしゅう》に近づいているせいか、雲の流れが速い。

鎧を身につけ、兜をかぶる。直江兼続の〈愛〉の字がついている、有名な兜である。次々に、武将役の社員が、起き出してくる。

アルバイトで頼んでいる近くの主婦や娘たちが、炊き出しのために、それぞれの道具を持って、河原に集まってきた。

川の向こう、武田勢の河原でも同じことがおこなわれている。

上杉勢方、武田勢方とも、五十人分のむすびと味噌汁が、作られるのだ。

朝食がすむと、武将役の社員たちは、用意された馬にまたがった。

両陣営の武将役は、それぞれの名前が書かれた旗指物を、背中に結びつける。

戦闘開始は、午前九時になっている。東京のNテレビからきた、中継車が、河原におりてきた。

見物人も、続々と集まってくる。

武田陣営には「風林火山」の大きな旗が、立てられ、上杉方の陣営には、毘沙門天の大きな旗が、掲げられた。

八代は馬上で、大きく伸びあがりながら、上杉謙信役の、小山田雅之に近づいて、いった。

「今日は、思う存分、笑ってくださって結構ですよ」

「そうか」

と、小山田雅之が、うなずく。

「合戦に勝っても負けても、今日は、笑ってください。それで、新甲州商事と、よい関係を築くことができます」

と、八代は、いった。

「手を結んだほうが、いいか？」

「ええ、いつの時代でも、ライバルは、必要です。弱いライバルなら、必要ありませんが、真田昌幸がサポートする、向こうの新社長は、決して弱いライバルではありません」

と、八代が、いった。

千曲川の反対側、武田の陣営では、真田昌幸役の阿部健太郎が、新しく社長に迎えた関口徳明と、馬のくつわを並べながら、川の向こうの上杉側の陣営を、眺めていた。

「今日は、日頃の憂さを思う存分、晴らしてください」

と、阿部が、いう。

「そうだな。今日は思い切り、刀を振り回したい」

と、いってから、関口徳明は、

「そうか、武田信玄は、川中島では、無刀か」

「いえ、一般的には、無刀といわれていますが、川中島合戦を描いた、屏風絵のなかには、武田信玄と上杉謙信が、馬に乗り、各々が太刀をふるって戦っているものもあります。だから、刀を持っていただいて、結構ですよ」

「そうか、刀を持てるのか」

関口徳明が、笑った。

そこへ、山本勘助役の川崎優が馬を寄せて、近づいてきた。

「今日は、残念ながら、君の活躍の場面はないぞ」

武田信玄役の関口徳明が、川崎に、声をかけた。

「今日は、啄木鳥戦法は取らないからな」

「それなら、この山本勘助に、合戦の、先駆けをやらせてください。軍師として後ろに控えるのは、つまらないので」

と、川崎が、いった。

太鼓が鳴り、花火が打ちあげられた。

両軍が、千曲川を挟んで、向かい合う。

上杉謙信役の小山田雅之が、馬上で伸びあがるようにして、対岸の武田勢に向かって、大声で、叫んだ。

「上杉謙信である。義によって合戦つかまつる。遠慮なく、かかってこられい」

その声に応じて、向こうの川岸から、武田信玄役の関口徳明が、一騎、馬を進めてきて、これも大声で、

「遠慮なく、お相手つかまつる」

上杉謙信役の小山田雅之が、刀を抜き放ち、それをかざして、突撃の合図をする。それに合わせたように、風が強くなり、小雨が降り出した。

雨が、風に乗って、斜めに、突き刺さってくる。

両岸から、どっと、馬に乗った武将たちが、川に向けて突進していく。足軽たちが、それに続く。

上杉方の武将も、武田方の武将も、馬上から、槍を突き出した。

もちろん、槍の先には、柔らかな綿を包んだ布が縛りつけてある。それでも、体に当たれば、馬上から、川に落ちる。

一騎二騎と、馬から落ちた武将が、水しぶきをあげる。

その勇ましさに、風と雨が、より一層、効果をあげた。

〈愛〉という前立《まえたて》の兜をかぶった、直江兼続の八代の前に、山本勘助と書かれた、旗印をつけた、川崎優が、突進してきた。

「山本勘助、推参！」

と、大声で叫びながら、槍を突き出してくる。

その槍を、八代は、自分の槍で振り払った。

馬と馬がぶつかる。

山本勘助が、川に落ちて、水しぶきをあげた。

「われは、直江兼続である。武田方、山本勘助殿、討ち死に！」

と、大声をあげた。

八代は、直江兼続になり切って、合戦を、楽しんでいた。

そのまま、馬を走らせ、

「武田信玄公、直江兼続、見参」

と、叫んでいた。

走る彼の横で、味方の一騎が倒れて、武将がひとり、川に落ちた。

甘糟景持と書かれた旗が、揺れている。

甘糟景持は、上杉謙信と、上杉景勝に仕えた上杉方の武将である。

それを横目で見ながら、直江兼続は「風林火山」の旗に向かって、突進した。

今日は、永禄の戦い、明日からは、平成の戦いになる。いましばらくは、永禄乱世の戦いを楽しもう。

※

その頃、東京では、十津川たちが、砂川吾郎への逮捕令状を手に、砂川が女と一緒に隠れているマンションに向かっていた——。

〔この作品はフィクションで、作中に登場する個人、団体名など、全て架空であることを付記します。〕

本書は二〇一一年十二月、文藝春秋より刊行されました。

双葉文庫

に-01-98

妖異川中島《ようい かわなかじま》

2021年3月14日　第1刷発行

【著者】

西村京太郎《にしむらきょうたろう》

©Kyotaro Nishimura 2021

【発行者】

箕浦克史

【発行所】

株式会社双葉社

〒162-8540 東京都新宿区東五軒町3番28号

［電話］03-5261-4818（営業）　03-5261-4831（編集）

www.futabasha.co.jp（双葉社の書籍・コミックが買えます）

【印刷所】

大日本印刷株式会社

【製本所】

大日本印刷株式会社

【カバー印刷】

株式会社久栄社

【フォーマット・デザイン】

日下潤一

ISBN978-4-575-52451-2 C0193

Printed in Japan

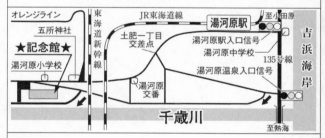